MELMOTH,

OU

L'HOMME ERRANT.

MELMOTH,

ou

L'HOMME ERRANT.

Par M. MATHURIN, auteur de Bertram, etc.

Traduit librement de l'anglais

Par Jean COHEN,

ancien censeur royal,

Traducteur des *Protecteurs et les Protégés*, du
Chevalier de Saint-Jean, etc.

TOME QUATRIÈME.

PARIS,

Chez G. C. HUBERT, LIBRAIRE,
Palais-Royal, Galerie de Bois, n° 222.

1821.

MELMOTH,

ou

L'HOMME ERRANT.

CHAPITRE XVIII.

Je courus jusqu'à ce que j'eus perdu mon haleine et mes forces, sans remarquer que j'étais dans un passage obscur. Je fus à la fin arrêté par une porte, contre laquelle je tombai. Elle s'ouvrit, et je me trouvai dans une chambre basse et obscure. En me relevant, car j'étais tombé sur mes mains et mes genoux, je regardai autour de

IV.   1

moi, et je vis un spectacle si singulier que mon inquiétude et mon effroi furent pour un moment suspendus.

La chambre était fort petite, et je m'aperçus que j'avais non-seulement brisé la porte en tombant, mais encore que j'avais déchiré un ample rideau dont les plis auraient encore pu me cacher si je l'avais cru nécessaire. Il n'y avait personne, et j'eus le temps d'étudier à loisir son singulier ameublement.

Au milieu était une table couverte d'un drap, sur laquelle était placé un vase d'une forme bizarre, et un livre que je feuilletai en vain, mais dont je ne pus lire un mot. Je le pris donc sagement pour un livre de magie, et je le refermai avec une sentiment d'horreur. Ce n'était cependant qu'une bible hébraïque. Je vis aussi sur la table un couteau, et à son pied était attaché un coq, dont le chant aigu annonçait l'impatience que lui causait sa chaîne.

Ces préparatifs me parurent singuliers; je ne doutais pas qu'ils n'indiquassent un sacrifice prochain; je frémis, et je m'enveloppai dans le rideau qui cachait la porte que j'avais brisée en entrant. Une lampe, qui jetait une faible clarté, était suspendue au plafond. A l'aide de cette lumière je vis ce que je viens de décrire, et je pus observer ce qui suivit. Un homme entre deux âges, mais dont la physionomie pouvait paraître remarquable, même aux yeux d'un Espagnol, par l'extrême noirceur de ses sourcils,

la longueur de son nez et un certain
lustre dans ses yeux, entra dans la
chambre, se mit à genoux devant la
table, baisa le livre qui y était posé, et
en lut quelques phrases que je jugeai
devoir sans doute précéder un horrible
sacrifice. Il examina ensuite le fil du
couteau, se remit à genoux, prononça
quelques mots que je ne pus comprendre, car ils étaient dans la même langue que le livre, puis il appela à haute
voix : Manassé-ben-Salomon !

Personne ne répondit. Il soupira et
passa sa main sur ses yeux comme un
homme qui se demande pardon à lui-
même de s'être un moment oublié.
Il prononça ensuite le nom d'Antonio.
Un jeune homme entra sur-le-champ,

et dit: « Mon père, m'avez-vous appelé? »
En finissant ces mots, il jeta un regard d'étonnement sur les objets singuliers qui remplissaient la chambre.

« Je t'ai appelé, mon fils, » dit le
père; « pourquoi ne m'as-tu pas ré-
pondu? »

— « Mon père, je ne vous avais
pas entendu; c'est-à-dire, je ne croyais
pas que ce fût moi que vous appelassiez.
Je n'avais entendu qu'un nom dont vous
ne vous étiez jamais encore servi, en
m'adressant la parole. Aussitôt que vous
avez dit Antonio, je vous ai obéi : je
suis venu. »

— « Mais l'autre nom est celui sous
lequel tu seras désormais connu de
moi, à moins cependant que tu n'en

préfères un autre. Je t'en laisserai le choix. »

— « Mon père, j'adopterai le nom que vous m'indiquerez. »

— « Non ; le choix de ton nouveau nom doit dépendre de toi. Il faut qu'à l'avenir tu adoptes celui que tu viens d'entendre ou un autre. »

— « Quel autre, mon père? »

— « *Celui de parricide.* »

Le jeune homme frémit d'horreur, moins encore à ce discours lui-même qu'à l'accent qui l'accompagnait. Après avoir regardé pendant quelque temps son père d'un air inquiet et suppliant, il fondit en larmes. Le père profita du moment. Il saisit le bras de son fils.

« Mon enfant, » s'écria-t-il, je t'ai

donné la vie ; il dépend de toi de me payer de ce bienfait ; la mienne est en ton pouvoir. Tu me crois catholique. Je t'ai élevé dans cette religion, parce que ta vie et la mienne en dépendaient, dans un pays où en professant la vraie croyance nous périssions tous deux. Je suis de cette race infortunée, partout honnie et décriée, quoique le pays ingrat qui prononce anathême sur nous, doive à notre industrie et à nos talens plus de la moitié des sources de sa prospérité nationale. Je suis un Juif, un Israélite, un de ceux de qui l'apôtre chrétien lui-même a dit :..... il suffit....., Le Messie viendra souffrant ou triomphant. Je suis Juif. Le jour de ta naissance, je t'ai appelé du nom de Manassé-ben-Sa-

lomon. Je ne sais quel vain espoir m'a-
vait fait penser aujourd'hui que tu recon-
naîtrais ce nom, parce que je l'aimais.
O mon cher fils! ne réaliseras-tu pas
ce songe? dis, ne le feras-tu pas? Le
Dieu de tes ancêtres t'attend pour t'embrasser, et ton père est à tes pieds qui
t'implore, afin que tu suives la foi de
ton père Abraham, du prophète Moïse
et de tous les prophètes qui sont avec
Dieu, et qui maintenant te contemplent,
balançant entre l'infâme idolâtrie de
ceux qui adorent le fils de l'homme, et
la pieuse voix de ceux qui te disent de
n'adorer que le Dieu de tes pères, le
Dieu des siècles, le Dieu éternel du
ciel et de la terre. »

A ces mots, le jeune homme, accablé de tout ce qu'il voyait et entendait, et nullement préparé à cette transition soudaine du catholicisme au judaïsme fondit en larmes.

« Mon enfant, » continua le vieillard, « c'est maintenant que tu vas t'avouer l'esclave de ces idolâtres qui sont maudits dans la loi de Moïse et par le commandement de Dieu, ou t'enrôler au nombre des fidèles qui reposeront dans le sein d'Abraham et qui verront les incrédules, d'après les paroles de leur propre prophète, ramper sur les cendres brûlantes de l'enfer et te supplier en vain de leur donner une goutte d'eau. Un pareil tableau ne t'excite-il pas à leur refuser en effet cette goutte d'eau? »

« Je ne la leur refuserais pas » dit en

pleurant le jeune homme, « je leur donnerais mes larmes.

« Garde-les pour la tombe de ton père, » ajouta le vieux juif, » pour la tombe à laquelle tu m'as condamné. J'ai vécu, amassant, veillant, temporisant avec ces maudits idolâtres, et le tout à cause de toi; et maintenant, maintenant tu rejettes un Dieu qui, seul, est capable de te sauver, et un père qui, à genoux, te supplie d'accepter ce salut. »

« Non, je ne les rejette point, » dit le jeune homme égaré.

— « A quoi te décides-tu donc?..... Je suis à tes pieds pour connaître ta résolution. Regarde; les mystérieux instrumens de ton initiation sont prêts. Voici les purs livres de Moïse, le prophète

de Dieu, que ces idolâtres eux-mêmes
confessent. Voilà tous les préparatifs
pour l'année d'expiation. Résous-toi
à te laisser par ces rites consacrer au
vrai Dieu, ou bien, saisis ton père qui
a mis sa vie en tes mains et traîne-le par
la gorge dans les prisons de l'Inquisition.
Je te le permets; tu le peux.... le vou-
dras-tu? »

Agenouillé et tremblant, le père le-
vait ses mains jointes vers son fils. Je
profitai du moment; le désespoir m'a-
vait rendu téméraire. Je n'entendis pas
un mot de ce qui venait d'être dit, excepté ce qui avait rapport à l'Inquisition;
mais cela seul me suffit. Je m'élançai de
derrière le rideau où j'étais caché et je

m'écriai : « S'il ne vous dénonce pas à
l'Inquisition, ce sera moi. »

Je tombai en même temps à ses pieds.
Ce mélange de menace et d'humilité,
ma figure pâle, mon habit inquisitorial,
la manière dont j'avais interrompu cette
entrevue sainte et solennelle, frappèrent
le Juif d'une horreur qu'il essaya vainement d'exprimer; enfin, me relevant
de la terre où je n'étais tombé que par
faiblesse, j'ajoutai, oui je vous dénon-
cerai à l'Inquisition, si vous ne me pro-
mettez à l'instant même de me mettre à
l'abri de ses coups. »

Le juif jeta un regard sur mon cos-
tume : il aperçut en même temps son
danger et le mien, et avec une présence
d'esprit qui ne saurait se trouver que

dans un homme fortement ému par l'idée de ce danger, il se hâta d'éloigner à la fois toutes les traces de son sacrifice expiatoire et des vêtemens que je portais. Il appela en même temps Rébecca, pour qu'elle vînt enlever les vases qui étaient sur la table; il dit à Antonio de sortir de la chambre et s'empressa de me couvrir d'un habit qu'il tira d'une garderobe où, probablement il était resté depuis plusieurs siècles. Celui que je portais me fut ôté avec tant de promptitude qu'il en resta à peine des lambeaux.

La scène qui suivit fut moitié effrayante, moitié ridicule. Une vieille Jiuve nommée Rébecca répondit à ses cris; mais en voyant un étranger, elle se retirait tremblante, tandis que son maître

qui perdait presque la tête, l'appelait
en vain par son nom chrétien de *Marie*.
Obligé d'ôter la table lui-même, il la
renversa et cassa la pate de l'animal infortuné qui y était attaché et qui, pour
prendre part au tumulte général, se mit
à pousser les cris les plus aigus et les plus
insupportables. Le Juif pour les faire cesser, saisit le couteau, et après avoir prononcé les mots sacramentels, il égorgea
le coq. Puis tout-à-coup tremblant à l'i-
dée de cet aveu public de sa croyance, il
s'assit et me demanda d'un air égaré,
pourquoi nossseigneurs de l'Inquisition
avaient daigné honorer d'une visite son
humble demeure.

J'étais presque aussi troublé que lui;
et quoique nous parlassions tous deux

la même langue, et que les circonstances nous forçassent de mettre l'un
dans l'autre une grande confiance, nous
aurions eu, pendant assez long-temps,
besoin d'un interprète. A la fin, notre
terreur mutuelle nous en servit, et le
résultat fut qu'au bout d'une heure,
je me vis habillé de vêtemens convena-
bles, et assis devant une table bien garnie. Surveillé par mon hôte, je le sur-
veillais à mon tour, mais je ne courais
aucun danger. Il me craignait plus que
je ne devais le craindre, et pour bien des
raisons. Il était Juif, et demeurait en Espagne; il trahissait l'Eglise, ayant cherché
à faire un prosélyte de son fils. Je n'étais
qu'un fugitif échappé des prisons du
Saint-Office. Ayant une répugnance as-

sez naturelle pour les flammes du bûcher, je devais préférer, comme de raison, de les voir s'allumer pour un adhé-
rent de la loi de Moïse, que pour moi.
En effet, tout bien considéré, ma position était beaucoup plus favorable que
la sienne, et le Juif agit en conséquence;
mais je n'attribuai sa conduite qu'à la
frayeur qu'il éprouvait de l'Inquisition.

Je dormis cette nuit, mais je ne saurais dire où, ni comment. Mon sommeil fut interrompu par des songes,
des visions dont il m'est impossible de
rendre aucun compte. J'ai plus d'une
fois interrogé ma mémoire sur la première nuit que je passai sous le toit du
Juif, mais je n'y ai rien pu trouver, si
ce n'est la conviction que ma raison

était tout-à-fait égarée. Je me trompe peut-être : je ne puis dire ce qui en est. Je me souviens qu'il me fit *monter* un escalier étroit. Il m'éclairait, et je lui demandai s'il me faisait *descendre* les degrés qui conduisaient aux cachots de l'Inquisition. Il ouvrit une porte, et je m'informai si c'était celle de la chambre des tortures. Quand il voulut me déshabiller, je m'écriai : « Ne me liez pas si fort. Je sais que je dois souffrir ; mais ayez de la pitié ! » Il me jeta sur le lit, et je m'écriai : « Me voilà sur la torture. Tirez fort, afin que je perde plus tôt connaissance ; mais que votre chirurgien ne soit pas là pour guetter mon pouls : qu'il cesse de battre, afin que je puisse cesser de souffrir. » Quant

IV.   2

aux jours suivans, je n'en ai aucune
espèce de souvenir, malgré les efforts
que j'ai faits pour me les rappeler.

Au bout de quelques jours cependant le Juif commença à trouver que
son repos était un peu chèrement acheté
par la charge additionnelle d'un com-
mensal de plus, et surtout d'un com-
mensal dont la raison était dérangée. Il
saisit le premier intervalle de lucidité
que j'offris pour me le faire entendre,
et pour me demander ce que je comptais faire et où je comptais aller. Cette
question me donna, pour la première
fois, une idée de l'avenir terrible et
sans espérance qui se présentait à moi.
L'Inquisition avait dévasté tout le sentier de ma vie, comme si elle y eût passé

le fer et le feu. Je n'avais, dans tout le royaume des Espagnes, pas un pouce de terre où rester, pas un repas à gagner, pas une main à serrer, pas un être à saluer, pas un toit où reposer.

Vous n'ignorez pas sans doute, monsieur, que le pouvoir de l'Inquisition, semblable à celui de la mort, vous sépare, par un simple attouchement, de toutes les relations que vous pouviez avoir avec le monde. Du moment où sa main vous a saisi, toutes les mains humaines se détachent de la vôtre. Vous n'avez plus ni père, ni mère, ni sœur, ni enfant. Le plus dévoué de vos parens ou de vos amis est le premier à mettre le feu au bûcher qui doit vous consumer, si l'Inquisition demande ce sacrifice. Je savais tout cela, et je sentais d'ailleurs que, quand même je n'eusse jamais été prisonnier de l'Inquisition, j'étais une créature isolée, repoussée par mon père et ma mère, meurtrier involontaire de mon frère, seul être sur la terre qui m'eût aimé, que je pusse chérir à mon tour, ou qui pût m'être utile. En Espagne, il m'était impossible de vivre caché, à moins de me condamner à un emprisonnement presque aussi triste que celui de l'Inquisition elle-même; et si, par un miracle, je trouvais le moyen de sortir d'Espagne, je ne pourrais pas subsister un jour dans un pays étranger dont j'ignorais la langue et les usages, privé que j'étais de toute ressource pour gagner ma vie. Je ne

voyais donc devant moi qu'une détresse
absolue, rendue plus affreuse par le
sentiment d'humiliation que me faisait
éprouver mon inutilité. En cessant d'ê-
tre une victime de la persécution, mon
importance diminuait à mes propres
yeux. Quand les hommes nous jugent
dignes d'être tourmentés, nous ne sommes jamais sans quelque considération,
quoique pénible et imaginaire. Même
dans les prisons de l'Inquisition, j'ap-
partenais à quelqu'un; j'étais gardé et
surveillé; maintenant j'étais le rebut de
la terre, et je versais des larmes de dépit
et de douleur, en songeant à l'immen-
sité du désert que j'avais à traverser.

Le Juif, que de pareils sentimens ne
troublaient pas, sortait tous les jours

pour recueillir des nouvelles ; et il revint un soir dans un ravissement tel que
je découvris sans peine qu'il s'était tranquillisé sur lui-même on sur moi. Il
m'annonça que le bruit courait dans
tout Madrid que j'avais péri dans l'incendie. Il ajouta que ce bruit avait ac-
quis une nouvelle force par la circonstance que les corps de ceux qui avaient
été écrasés par la chute de la voûte,
avaient été tellement défigurés par le
feu et les meurtrissures, qu'il avait été
impossible de distinguer leurs traits.
On avait néanmoins rassemblé leurs
restes, au nombre desquels on supposait
que les miens devaient se trouver. On
avait célébré une seule messe pour eux
tous, et leurs cendres, renfermées dans

une seule bière, avaient été déposées
dans l'un des caveaux de l'église des
Dominicains. Parmi les personnes qui
assistaient au service funèbre, se trouvait ma mère; mais son visage était
couvert d'un voile si épais, que personne n'eût reconnu en elle la du-
chesse de Monçada, si le bruit n'avait
couru dans l'Eglise que sa présence en
ce lieu était une pénitence qui lui avait
été imposée. Le Juif termina par une
assurance qui me causa une entière sa-
tisfaction : c'était que le Saint-Office
n'était pas fâché d'accréditer le bruit de
ma mort : car ce que l'Inquisition veut
que l'on croie n'est presque jamais mis
en doute à Madrid. Cette espèce d'ex-
trait mortuaire que l'on me donnait

était la meilleure sauvegarde de ma vie.

La joie de mon hôte le rendant communicatif, il m'annonça que le soir même il devait y avoir à Madrid la procession la plus belle et la plus solennelle que l'on n'y eût jamais vue. Le Saint - Office y devait paraître dans toute la pompe et toute la plénitude de sa gloire, accompagné de l'étendard de saint Dominique et de la croix, tandis que tous les ordres ecclésiastiques de Madrid le suivraient avec leurs diverses enseignes. Une garde militaire nombreuse devait protéger le cortége, où se trouverait sans doute toute la population de la capitale. Le but de cette procession était de se rendre dans la principale église pour s'y humilier devant

Dieu, et le supplier d'éloigner à l'avenir de pareils malheurs.

La soirée approchait ; le Juif me
quitta; et moi, excité par un sentiment
dont je ne saurais rendre compte, je
montai à l'appartement le plus élevé de
la maison , d'où j'écoutai, d'un cœur
palpitant, le son des cloches qui annon-
çaient que la cérémonie allait commen-
cer. Je n'attendis pas long-temps. J'étais,
comme je viens de vous le dire , dans
une chambre située à un étage supérieur. Il n'y avait qu'une fenêtre ; et,
m'étant placé derrière un rideau que je
tirais de temps à autre, je distinguai
parfaitement tout le spectacle. La maison du Juif donnait sur une place où la
procession devait passer, et qui était

déjà si pleine de monde, que je ne pouvais concevoir comment elle trouverait le moyen de percer une masse si serrée, et en apparence si impénétrable. Je m'aperçus à la fin d'un mouvement qui semblait indiquer un pouvoir éloigné, donnant une espèce d'impulsion vague au vaste corps qui se déroulait en noircissant au - dessous de moi, semblable à l'Océan quand la tempête commence.

La foule se balança sans céder d'un pas. La procession commença. Je distinguai son approche au crucifix, à la bannière et aux cierges : car on la faisait de nuit, pour en rendre l'effet plus imposant. Tout à coup je vis la multitude s'entr'ouvrir, et j'aperçus la procession qui s'avançait, et ressemblait à un fleuve majestueux, resserré entre deux rives de peuple qui restaient à une distance aussi fixe que si elles avaient été construites en pierres. Les bannières, les croix et les cierges représentaient les flots. A la fin, je vis tout l'ensemble de la procession, et il est impossible de rien imaginer de plus imposant et de plus magnifique. Je considérais avec admiration ce superbe spectacle, quand tout à coup un tumulte s'éleva dans la foule. Je ne savais à quoi l'attribuer : tout le monde paraissait enchanté et dans la joie.

Je tirai le rideau, et, à l'éclat de mille cierges, j'aperçus, au milieu d'un groupe de familiers réunis autour de la bannière de saint Dominique, j'aperçus, dis-je, la figure du compagnon de ma fuite. Le bruit de son crime s'était répandu partout, et il était généralement connu. Au premier moment, quelques sifflets se firent entendre, qui furent suivis d'un mouvement étouffé, mais plein d'horreur. Bientôt j'entendis des voix dans la foule qui s'écriaient : « A quoi sert cette procession ? Pourquoi demander la cause de l'incendie, et le motif qui a engagé la sainte Vierge à retirer sa protection au Saint-Office ? Les Saints détournent de nous leur visage... cela est-il étonnant, quand un parricide marche au milieu des familiers de l'Inquisition ? Les mains qui ont égorgé un père sont-elles dignes de porter la bannière de la croix ? »

Ces paroles, d'abord prononcées par un petit nombre de voix, circulèrent peu à peu parmi les spectateurs. Des regards féroces furent lancés; on menaça du poing, on fit même mine de se baisser pour ramasser des pierres. Cependant la procession avançait et tout le monde s'agenouillait à mesure que les prêtres élevaient les crucifix. Mais les murmures augmentaient, et les mots de *parricide*, de *profanation*, de *victime*, retentissaient de toutes parts et sortaient même de la bouche de ceux qui se mettaient à genoux. Les ecclésiastiques conservèrent pendant quelque temps leur sang-froid; mais bientôt le bruit prit si fort le dessus que les premiers prêtres s'arrêtèrent, et ce fut là le signal de la

scène terrible qui suivit. Un officier qui
faisait partie de l'escorte s'approcha
dans ce moment du grand inquisiteur,
et le prévint du danger dont on était
menacé; il fut renvoyé avec cette courte
réponse : « Allez toujours; les serviteurs
du Christ n'ont rien à craindre. »

La procession voulut pour lors continuer sa route; mais sa marche était
obstruée par la multitude qui paraissait décidée à accomplir un acte sangui-
naire. On jeta quelques pierres; et les
prêtres levant le crucifix firent mettre le
peuple à genoux et arrêtèrent ses coups.
Les militaires s'adressèrent de nouveau
au grand inquisiteur et le supplie-
rent de leur accorder la permission de
disperser la foule. Ils reçurent toujours

la même réponse laconique : « La croix
suffit pour protéger ses serviteurs ; quelles que soient vos craintes, je n'en
éprouve point. »

Un jeune officier, impatienté à la
vue de cette apathie, s'élança sur son
cheval qu'il avait quitté par respect, et
au même instant une pierre l'atteignit à
la tempe. Il tourna ses yeux ensanglantés
vers l'inquisiteur, et..... mourut. La
multitude poussa de grands cris, et approcha plus près ; ses intentions n'étaient
que trop manifestes. Elle pressait surtout du côté où était la victime qu'elle
s'était désignée. Les militaires renouve-
lèrent leurs instances, sinon pour disperser la populace, du moins pour protéger la retraite de l'objet qui gênait sa

vue, jusque dans une église voisine. Le misérable lui-même s'apercevant du danger qui le menaçait, joignit ses prières aux leurs. Le grand inquisiteur pâlit mais ne changea point de résolution. « Voici mes armes, » s'écria-t-il en montrant les crucifix. « Je vous défends de tirer une épée ou de lâcher un coup de fusil. Avancez, au nom de Dieu.»

Ils essayèrent en effet d'avancer; mais la presse devint si grande qu'il ne fut pas possible de faire un pas. La multitude n'ayant rien à craindre des militaires perdit toute espèce de frein; les croix et les bannières allaient et venaient comme dans une bataille; les ecclésiastiques pleins de confusion et de terreur se serraient les uns contre les autres.

Dans cette vaste masse dont les moin-
dres parties paraissaient être en mouvement, il n'y avait qu'une seule impulsion forte et énergique : celle qui pous-
sait une portion de la foule directement
vers l'endroit où la victime, bien qu'en-
veloppée et défendue par tout ce que la
puissance spirituelle et temporelle a de
plus respectable, la croix et l'épée,
se tenait tremblante jusqu'au fond de
l'âme. Le grand inquisiteur vit trop tard
la faute qu'il avait faite; il appela les
militaires et leur dit de disperser à tout
prix la foule. Ils s'efforcèrent d'obéir:
mais déjà ils étaient eux-mêmes mêlés
avec le peuple. Il n'y avait plus aucune
apparence d'ordre; et, d'ailleurs, les
soldats avaient paru dès le premier

IV. 3

moment peu disposés à ce service. Ils essayèrent de charger; mais au milieu du peuple qui s'attachait à leurs chevaux, ils ne purent pas même se ranger en bataille et la première grêle de pierres les mit dans un désordre complet. Le murmure étouffé d'un petit nombre était devenu le cri général de tous. « Livrez-le nous , nous voulons l'avoir. » Et en disant cela ils se pressaient comme les flots qui , dans la tempête, attaquent le vaisseau échoué.

Quand les soldats se furent retirés, une centaine de prêtres entourèrent le malheureux, et avec un désespoir généreux, ils s'exposèrent à la fureur de la multitude. Le grand inquisiteur se hâta de courir au point menacé et se plaça à

la tête des prêtres tenant la croix élevée.
Sur ses traits régnait la pâleur de la
mort, mais son œil n'avait rien perdu
de sa vivacité, ni sa voix de sa fierté.
Ce fut en vain. Le peuple procédait avec
calme et même avec respect, quand on
ne lui résistait pas, et s'efforçait d'écar-
ter tout ce qui s'opposait à sa marche.
Il prenait surtout soin de ne pas faire de
mal aux prêtres qu'il était obligé de repousser, et ne cessait de leur demander
pardon de la violence dont il se rendait
coupable. Cette tranquillité rendait la
vengeance d'autant plus terrible qu'elle
était la preuve que rien ne la satisferait
jusqu'à ce qu'elle fût parvenue à son
but. La dernière barrière fut enfin rom-
pue; personne ne s'y opposait plus.

Avec des cris semblables à ceux qu'auraient poussés mille tigres réunis, la
victime fut saisie et attirée en avant. Elle
tenait dans ses deux mains les lambeaux
des robes de ceux auxquels elle s'était
vainement attachée; et dans l'impuissance du désespoir, elle les élevait en l'air
pour s'en former un inutile bouclier.

Les cris cessèrent pour un moment,
quand on se fut rendu maître de l'objet
que l'on poursuivait, et quand on put
le considérer avec des yeux avides de
vengeance. Ils recommencèrent bientôt
et avec eux le sanglant sacrifice. Le malheureux fut précipité contre le pavé;
puis relevé et jeté en l'air. Il fut bientôt
lancé de main en main comme le taureau lance avec ses cornes le chien qui

hurle et se débat en vain. Couvert de sang, défiguré, noirci par la boue et meurtri de coups de pierres, il luttait et rugissait au milieu de ces bêtes féroces, jusqu'à ce qu'un grand cri s'élevât qui fit espérer qu'une scène, aussi horrible aux yeux de l'humanité que honteuse pour la civilisation, prendrait bientôt fin. Les militaires ayant reçu du renfort, arrivèrent au grand galop, tandis que tous les ecclésiastiques, les habits déchirés et les crucifix brisés, faisaient l'arrière-garde, tout brûlans de défendre la cause de l'humanité et d'empêcher qu'une pareille disgrâce ne souillât le nom du christianisme et la nature humaine.

Hélas! leur interposition ne fit que

hâter la catastrophe. Je vis, je sentis,
mais il m'est impossible de décrire les
derniers momens de cette scène horrible. Traîné au milieu de la boue et
des pierres, ils lancèrent une masse de
chair meurtrie contre la porte de la
maison où je me trouvais. Sa langue
sortait de sa bouche déchirée, comme
celle d'un taureau vaincu dans le combat. Un de ses yeux arraché de son or-
bite, pendait sur sa joue ensanglantée.
Il n'avait pas un membre qui ne fût
brisé, pas une partie du corps qui ne
fût couverte de blessures, et dans cet
état pitoyable, il criait encore à haute
voix : « La vie ! la vie ! la vie ! miséricorde ! » jusqu'à ce qu'une pierre lan-
cée par une main plus humaine lui ôta

le sentiment de sa misérable existence.
Il tomba foulé sous mille pieds, il ne
fut plus, au bout d'un instant, qu'un
tas de boue sanglante et décolorée.

Cependant la cavalerie avançait et
chargea avec fureur. La multitude ras-
sasiée de cruautés et de sang, céda dans
un morne silence. L'officier qui com-
mandait le détachement demanda : « Où
est la victime ? » — « Sous les pieds de
vos chevaux, » lui répondit-on. Ses
yeux se tournèrent vers la terre, et il vit en
effet une masse informe et sanglante dans
laquelle l'animal venait de marcher.

Témoin de cette horrible exécution,
je puis vous assurer, monsieur, que
j'éprouvai tous les effets que l'on attribue d'ordinaire à la fascination. Je frémis

dans les commencemens; mais quand
je vis lancer contre la porte le corps de
l'infortuné moribond, je répétai les
cris de la multitude avec une espèce
d'instinct sauvage. Ensuite, je demandai la vie et la miséricorde, avec le
malheureux que l'on torturait. Pendant
que je criais ainsi, je vis les regards
d'une personne de la foule se fixer sur
moi et se retirer sur-le-champ. L'éclat
de ces yeux que je ne pus méconnaître
ne me fit aucun effet, mon existence
était devenue si machinale, que sans
réfléchir au danger que je pouvais courir, je restai fixé à la fenêtre, ne pou-
vant faire un pas pour m'en éloigner,
ouvrant les yeux malgré moi pour contempler ce qui se passait, comme Régu-

lus qui, privé de paupières, était forcé
de soutenir l'éclat du soleil. Pendant
quelques instans je m'imaginai moi-
même être l'objet de la vengeance de
la populace.

Le juif s'était tenu éloigné pendant
le tumulte de la nuit. Quand il revint,
il fut frappé d'horreur à la vue de l'é-
tat où il me trouva. J'avais le délire, et
malgré tout ce qu'il put faire ou dire,
rien ne fut capable de me calmer.
Mais si mon imagination avait été fortement frappée, la frayeur du juif ne fut
pas moins grande que la mienne, seulement il s'y mêla quelque chose de ridicule. Il oublia tout-à-coup les noms
chrétiens dont il avait affublé tout son
ménage, du moins depuis qu'il demeu-

IV.   4

rait à Madrid. Il appelait à haute voix
son fils Manassé-ben-Salomon et sa ser-
vante Rébecca pour qu'ils vinssent l'ai-
der à me tenir et il s'écriait : « O père
Abraham ! ma perte est certaine. Ce fou
découvrira tout ; et Manassé-ben-Salomon, mon fils, mourra incirconcis ! »

Ces paroles agirent sur mon délire ;
je me levai furieux, et le saisissant à la
gorge, je m'écriai qu'il était prisonnier
de l'Inquisition. Le malheureux accablé
de terreur tomba à genoux et se mit à
faire les plaintes les plus étranges. Tout-
à-coup un bruit se fit entendre à la
porte de la maison. Il dit à Rébecca d'y
courir et d'empêcher que l'on n'entrât :
car il ne doutait pas que ce ne fussent
les familiers qui venaient le chercher. La

pauvre fille fit ce qu'elle put pour oppo-
ser de la résistance ; mais les coups redou-
blèrent et bientôt la porte céda. Le Juif
tremblant se croyait perdu ; il fut cependant bientôt rassuré en voyant entrer,
au lieu des familiers de l'Inquisition
qu'il attendait, deux de ses confrères
qui, à ce qu'il paraissait, avaient quelque motif extraordinaire pour arriver
ainsi chez lui à une heure indue et en
forçant la porte.

Quand le Juif les eut apperçus, il me
quitta, et après avoir mis le verrou à
l'entrée de sa demeure, il entra dans sa
chambre avec les étrangers, et resta avec
eux en conversasion très-sérieuse pendant une grande partie de la nuit. Quel
qu'ait été le sujet de leur délibération il

laissa, sur le visage de mon hôte, des traces d'une vive inquiétude qui étaient encore visibles le lendemain matin. Il sortit de bonne heure et revint tard, Aussitôt qu'il fut rentré, il s'empressa de se rendre à l'appartement que j'occupais et témoigna la joie la plus vive en me voyant tranquille et raisonnable. Il fit placer des lumières sur la table, renvoya Rébecca et ferma la porte. Il fit ensuite plusieurs tours dans la chambre, toussa et cracha, et ce ne fut qu'après tous ces préparatifs qu'il se décida à la fin à s'asseoir et à me confier la cause de son trouble, auquel je ne sentais que trop que j'avais une part. Il me dit donc que, quoique le bruit de ma mort si généralement répandu dans Madrid, l'eût tranquillisé dans le moment, une nouvelle rumeur s'était élevée depuis la veille, qui, malgré sa fausseté et son impossibilité, pouvait avoir pour nous les suites les plus funestes. Il me demanda si j'avais été assez imprudent pour m'exposer à la vue du public le jour de l'horrible exécution; et quand j'eus avoué que je m'étais tenu à une fenêtre, et que j'avais involontairement poussé des cris qui pouvaient être parvenus à l'oreille de quelques personnes, il se tordit les mains, et de ses traits pâles découlèrent des gouttes de sueur. Quand il se fut remis, il me dit que tout le monde croyait que mon spectre avait apparu dans cette horrible occasion; que j'avais été vu planant dans les airs, afin d'être témoin des souffrances du misérable, tandis que ma voix l'appelait au sort qui lui était réservé dans l'éternité. Il ajouta que ce conte, bien fait pour offrir de la pâture à la crédule superstition, était répété par des milliers de bouches, et que, quelle que fût son absurdité, il ne laissait pas d'exciter la vigilance du Saint-Office, et pourrait peut-être conduire à une découverte. En conséquence, il jugeait nécessaire de me faire connaître un secret qui me mettrait à même de rester tranquille au sein même de la capitale, jusqu'à ce qu'on pût imaginer quelque moyen de m'en faire sortir, et de me procurer des ressources pour subsister dans un pays étranger, hors des atteintes de l'Inquisition.

Comme il allait me découvrir ce secret dont dépendait la sûreté de tous deux, et que je m'apprêtais à écouter avec la plus scrupuleuse attention, un coup fut frappé à la porte. Il n'avait aucune ressemblance avec ceux de la nuit précédente; il était unique, solennel, péremptoire, et fut suivi d'une sommation d'ouvrir la maison au nom de la très-sainte Inquisition. A ces mots terribles, le malheureux Juif se mit à genoux; il éteignit les chandelles, et, après avoir invoqué tous les Patriarches, il passa son bras dans un rosaire à gros grains. Tous ces mouvemens divers se firent dans un seul instant. Un

second coup fut frappé à la porte. Je
restai immobile; mais le Juif, quittant
sa place, leva une des planches du plancher, et, me faisant un signe qui tenait
le milieu entre l'instinct et la convulsion, il m'indiqua que je devais y descendre. J'obéis, et je ne tardai pas à
me trouver dans les ténèbres, mais en
sûreté.

J'avais descendu quelques marches,
et je me tenais tremblant sur la dernière, quand les officiers de l'Inquisition entrèrent dans la chambre, et pas-
sèrent sur la planche même qui me cachait. Je pus entendre chaque mot qui
se disait. Un des officiers, s'adressant
au Juif qui rentra avec eux, en les sa-
luant respectueusement, lui dit:

« Don Fernand, pourquoi ne nous avez-vous pas introduits plus tôt ? »

« Révérend père, » répondit le Juif en frémissant, « je n'ai qu'une domestique, la vieille Marie; elle est âgée et sourde; mon jeune fils est au lit, et j'étais moi-même occupé à remplir mes devoirs religieux. »

« Il paraît que vous les remplissez dans l'obscurité; » dit un autre officier en montrant du doigt les chandelles que le Juif s'empressait de rallumer.

— « Quand l'œil de Dieu est sur moi, très-révérend père, je ne suis jamais dans les ténèbres. »

« L'œil de Dieu est en effet sur vous, » reprit l'officier d'un ton grave et en s'as-

seyant, « et l'œil du Saint-Office l'est
aussi, cet œil auquel Dieu a daigné
communiquer la vigilance et l'irrésistible pénétration du sien. Don Fernand
Nunez (c'était le nom que portait le
Juif parmi les Chrétiens), vous n'ignorez pas l'indulgence que l'Eglise montre
à ceux qui ont renoncé aux erreurs de
cette race incrédule et maudite de laquelle vous descendez; mais vous ne
pouvez pas ignorer non plus que ces
individus sont les objets de sa plus ac-
tive surveillance, par le soupçon qui
s'attache nécessairement à l'incertitude
de leur conversion, et à la possibilité de
leur rechute. Vous êtes ancien d'âge,
don Fernand; mais vous n'êtes pas ancien chrétien; aussi le Saint-Office est-

il obligé d'avoir toujours les yeux ouverts sur votre conduite. »

L'infortuné Juif, invoquant tous les
saints, protesta que les recherches les
plus scrupuleuses sur sa conduite seraient regardées, par lui, comme un
honneur et une obligation. Il abjura en
même temps l'ancienne croyance de sa
race en des termes si véhémens et si
exagérés, que je ne pus m'empêcher de
soupçonner sa sincérité, même dans
celle qu'il avouait au fond de son cœur,
et je tremblais aussi qu'il ne fût prêt à
me trahir. Les officiers de l'Inquisition,
sans s'embarrasser de ses protestations,
lui firent part du motif de leur visite.
Le spectre d'un prisonnier de l'Inquisition avait été vu, disait-on, errant dans

les environs de sa maison, et le Saint-
Office, dans sa sagesse, jugeait qu'il était
bien plus probable que le prisonnier
lui-même fût caché dans ses murs.

Je ne pouvais voir la frayeur du Juif,
mais j'entendis que, d'une voix étouffée
et tremblante, il suppliait les officiers
de faire des recherches dans tous les
appartemens de la maison, et de la ra-
ser ensuite au niveau du terrain, s'ils y
trouvaient la moindre chose qui pût
compromettre un enfant fidèle et or-
thodoxe de l'Eglise.

« C'est bien notre intention, » dit l'officier en le prenant au mot avec le plus
grand sang-froid ; « mais en attendant,
don Fernand, permettez-moi de vous

prévenir du danger que vous courrez,
s'il vous arrivait jamais, à quelque épo-
que que ce fût, de donner asile à un prisonnier de l'Inquisition, à un ennemi
de la sainte Eglise. Votre maison sera
rasée, à la vérité, et ce sera la moindre
des peines que vous encourrez. » L'inquisiteur prononça ce qui suit en élevant la voix, et en mettant une pause
après chaque clause de la sentence,
sans doute dans l'intention d'augmenter
l'effroi du Juif, et d'en calculer l'étendue. « Vous serez conduit en prison,
comme soupçonné d'être un Juif relaps;
votre fils sera renfermé dans un cou-
vent, afin de l'éloigner de l'influence
pestilentielle de votre présence, et tout

ce qui vous appartient sera confisqué
jusqu'à la dernière pierre de vos murs,
le dernier vêtement qui vous couvre,
le dernier denier de votre bourse. »

Le pauvre Juif, qui avait marqué les
gradations de sa frayeur par des gémis-
semens de plus en plus sensibles, ne
put tenir à la clause de la confiscation,
et, se laissant tomber par terre, du
moins à ce que j'en jugeai par le bruit, il
s'écria : « O père Abraham, et tous les
saints prophètes! »

A ces paroles, je me regardai comme
perdu : elles suffisaient pour le trahir;
et moi, sans hésiter, je résolus de braver l'obscurité, plutôt que de tomber
de nouveau dans les mains de l'Inquisition. Je descendis, comme je pus,

les degrés qui restaient, et puis je m'ef-
forçai de trouver, en tâtonnant, mon
chemin dans les passages où ils abou-
tissaient.

CHAPITRE XIX.

JE suis convaincu que quand ce passage
eût été aussi long que ceux des Pyrami-
des ou des Catacombes, j'aurais toujours poursuivi ma route jusqu'à ce que
la faim ou la fatigue m'eussent forcé de
m'arrêter. Heureusement je n'avais aucun danger de ce genre à craindre. Le
pavé était uni, et les murs recouverts
de nattes. J'étais dans les ténèbres,
mais ma vie était en sûreté ; d'ailleurs
je ne demandais qu'une chose : c'était
de pouvoir me mettre à l'abri des at-

teintes de l'Inquisition ; tout le reste m'était indifférent.

J'étais dans cette position d'esprit qui réunit les extrêmes du courage et de la pusillanimité. Tout à coup j'aperçus une faible lumière. Juste Ciel! quelle fut ma joie en la voyant! Comme je pressai le pas pour m'en approcher! Je ne tardai pas à découvrir qu'elle brillait à travers les fentes d'une porte que l'humidité du souterrain avait rendues assez larges pour que je pusse voir sans peine tout l'intérieur de l'appartement. Je me mis à genoux devant une de ces fentes, et je contentai la curiosité que j'éprouvais de connaître le lieu où je me trouvais.

Je vis une grande pièce tapissée en

IV.   5

serge d'une couleur foncée, depuis le
plafond jusque environ quatre pieds du
plancher. Le reste était couvert d'une
natte épaisse, sans doute dans le but de
prévenir les effets de l'humidité souter-
raine. Au milieu de la chambre était placée une table couverte d'un drap noir, et
sur laquelle se trouvait une lampe en fer
d'une forme antique et singulière. C'é-
tait la lumière de cette lampe qui avait
dirigé ma marche, et elle m'aida aussi
à distinguer un ameublement qui ne
laissait pas d'être fort singulier. Il y avait
des cartes géographiques, des globes,
et plusieurs instrumens dont l'usage
m'était inconnu, mais qui, selon ce que
j'appris plus tard, étaient des instrumens d'anatomie. Il s'y trouvait aussi

une machine électrique, un modèle cu-
rieux en ivoire d'un instrument pour
donner la question, quelques livres,
plusieurs rouleaux de parchemin sur
lesquels étaient tracés des caractères en
encre rouge et jaune; enfin quatre squelettes étaient rangés autour des murs,
et placés dans des espèces de bières
perpendiculaires qui donnaient à ces
ossemens décharnés des positions ani-
mées, et les faisaient paraître les vrais
habitans de ce singulier appartement.
Dans les intervalles, il y avait des animaux empaillés, entre autres un crocodile et des ossemens gigantesques que
je crus d'abord avoir appartenus à
Sampson, mais que je découvris plus
tard être ceux d'un mammouth. J'y vis

aussi des cornes d'élan que je pris pour celles du diable, et des fétus monstrueux de toute espèce. Je ne doutai pas que ceux-ci ne fussent les restes de quelques nains, esclaves du grand enchanteur, qui lui-même frappa le dernier ma vue.

A l'un des bouts de la table était assis un vieillard enveloppé dans une longue robe. Sa tête était couverte d'un bonnet de velours noir, avec une large bordure de fourrure, et ses lunettes étaient si grandes, qu'elles cachaient presque son visage. Il était occupé à déployer des rouleaux de parchemin d'une main tremblante et inquiète. Tout à coup, saisissant un crâne humain qui était sur la table à côté de lui, et le te-

nant dans des doigts aussi décolorés et
presque aussi décharnés que lui-même,
il l'apostropha du ton le plus sérieux.
Toutes mes craintes pour ma sûreté
personnelle s'évanouirent devant celle
que j'éprouvais de me voir le témoin
involontaire d'une orgie infernale. Je
restais agenouillé devant la porte, lors-
qu'enfin ma respiration, long-temps
retenue, se fit jour par un long gémisse-
ment qui attira l'attention du person-
nage assis devant la table. Une vigilance
habituelle suppléait en lui aux défauts
que l'âge avait occasionés dans ses sens.
Il ne lui fallut qu'un instant pour courir
à la porte, l'ouvrir, et me saisir d'un bras
encore vigoureux, quoique ridé par la

vieillesse. Je me crus entre les griffes du démon.

Il ferma la porte et y mit le verrou. J'étais tombé, et je vis une figure effrayante placée au-dessus de moi, et qui me dit d'une voix de tonnerre : « Qui es-tu ? que viens-tu faire ici ? »

Je ne savais comment répondre. Je jetai un regard fixe et muet sur les squelettes et sur le reste des meubles de ce terrible caveau.

« Arrête, » dit l'inconnu, « si tu es réellement épuisé, et si tu as besoin de te rafraîchir, bois de cette coupe : la liqueur qu'elle contient te fera autant de bien que si c'était du vin. Elle sera de l'eau pour tes entrailles, et de l'huile pour tes os. »

En disant ces mots, il m'offrit à boire; mais je repoussai son verre avec une horreur inexprimable, ne doutant pas qu'il ne contînt quelque composition magique. Dans la frayeur dont j'étais accablé, j'invoquai le Sauveur et tous ses saints, et, faisant le signe de la croix à chaque phrase que je prononçais, je lui dis :

« Non, tentateur, garde tes infernales potions pour la bouche de tes lutins ou pour toi-même. Il n'y a qu'un instant que je me suis échappé des mains de l'Inquisition, et j'aimerais dix mille fois mieux y retourner, et devenir sa victime volontaire, que de jamais consentir à être la tienne. Ta tendresse est la seule cruauté que je craigne. Dans les prisons

mêmes du Saint-Office, où je voyais le
bûcher qui s'allumait pour moi, et la
chaîne qui devait m'attacher au poteau,
j'étais soutenu par un pouvoir qui me
donnait la force de contempler presque
de sang-froid ces objets si terribles
pour la nature, plutôt que de m'y dérober au prix de mon salut. Le choix
me fut offert; je me suis décidé, et
dussé-je me trouver mille fois encore
dans le cas de choisir, dussé-je voir les
flammes s'élever déjà autour de moi,
mon choix serait toujours le même. »

Pendant que je parlais, le vieillard
me contemplait avec un regard calme,
mais surpris, qui me fit rougir de ma
frayeur avant que j'eusse fini de l'exprimer.

« Quoi! « me dit-il à la fin, en répon_
dant seulement à quelques expressions
de mon discours qui paraissaient l'a-
voir plus frappé que le reste, « es-tu
échappé à ce bras qui porte ses coups
dans l'ombre? Es-tu ce jeune Nazaréen
qui a cherché un asile dans la maison
de notre frère Salomon, le fils d'Hil-
kiah, qui porte le nom de Fernand
Nunez parmi les idolâtres de cette
terre de captivité? Je m'attendais à te
voir ce soir ; je savais que tu viendrais
manger de mon pain et boire dans ma
coupe, et me servir de secrétaire; car
notre frère Salomon m'a fait un grand
éloge de tes talens d'écrivain. »

Je le regardais saisi d'étonnement.
Je me rappelai alors pour la première

fois, que Salomon avait été sur le point
de me faire connaître une retraite sûre
et secrète, et quoique je ne pusse m'empêcher de trembler encore en regardant autour du singulier appartement
où nous étions, je sentis néanmoins re-
naître une espérance que justifiait la
connaissance que mon hôte paraissait
avoir de ma personne.

« Assieds-toi, » me dit-il, en voyant
que j'étais près de succomber à la fois
à la fatigue et à l'effroi. » Assieds-toi,
mange une bouchée de pain et bois un
peu de vin. Réconforte ton corps, car
on dirait que tu viens d'échapper aux
lacs de l'oiseleur ou aux flèches du
chasseur. »

J'obéis sans savoir ce que je faisais.

J'avais véritablement besoin de ce qu'il m'offrait, et j'allais le prendre : mais un sentiment irrésistible de répugnance et d'horreur surmonta le besoin. Je rejetai les alimens qu'il me présentait, en montrant du doigt les objets dont j'étais entouré, et auxquels j'attribuais le dégoût que j'éprouvais. Il regarda pendant un moment autour de lui, comme étonné que des objets qui lui étaient si familiers, pussent être repoussans pour un étranger; puis, secouant la tête, il me dit :

« Tu es un sot; mais tu es un Nazaréen, et je te plains. En vérité, ceux qui ont instruit ta jeunesse ne se sont pas contenté de fermer le livre de la sagesse pour toi, ils ont encore oublié

de l'ouvrir pour eux-mêmes. Les Jésuites, tes maîtres, n'étaient-ils pas
aussi maîtres dans l'art de guérir, et
es-tu étranger à la vue de ses instrumens les plus simples? Mange, je t'en
prie, et sois sûr que ces figuers ne te
feront point de mal. Ces ossemens privés de vie ne peuvent ni mesurer tes
alimens ni t'en priver; ils ne peuvent
serrer tes jointures ni les déchirer avec le
fer, ainsi que l'auraient fait les êtres vivans qui allaient s'emparer de toi comme
de leur proie, et j'en atteste le dieu des
armées, tu l'aurais été, si le toit hos-
pitalier d'Adonias ne t'eût offert cette
nuit un asile. »

Je pris donc le pain qu'il ne cessait
de m'offrir, et je bus à longs traits de

son vin, que la soif causée par l'effroi et l'anxiété, me faisait avaler comme de l'eau. Je ne laissais pourtant pas de faire de fréquens signes de croix et de prier Dieu, pour que cette boisson ne se convertît pas en un poison funeste et diabolique. Le juif Adonias me contemplait avec une compassion et un mépris toujours croissant.

« Qu'est-ce qui t'effraie ? » me dit-il. « Si je possédais le pouvoir que la superstition de ta secte m'attribue, au lieu de te fournir des alimens, ne pourrais-je pas t'offrir toi-même en holocauste aux démons ? Tu es en mon pouvoir, et cependant je n'ai ni la puissance, ni la volonté de te faire du mal. Est-ce à toi, qui viens d'échapper aux cachots de l'Inquisition, à trembler en considérant les meubles qui garnissent la cellule d'un docteur solitaire ? Dans cet appartement j'ai passé soixante années de ma vie, et tu frémis de le visiter pour un moment ! Mange, Nazaréen, les alimens ne sont point empoisonnés; bois, il n'y a point de filtre dans cette coupe. Pouvais-tu en dire autant dans les prisons de l'Inquisition, ou même dans les cellules des Jésuites ? Mange et bois sans crainte dans le caveau d'Adonias, le juif. Si tu avais osé te fier aux Nazaréens, je ne t'aurais jamais vu chez moi. As-tu fini ? » ajouta-t-il, et je répondis par un salut. « As-tu bu dans la coupe que je t'ai offerte ? » Ma soif répondit pour

moi, et je lui tendis le vase. Il sourit ;
mais le sourire de la décrépitude, le
sourire d'une bouche sur laquelle plus
d'un siècle a passé, a une expression
repoussante et hideuse à décrire. Ce
n'est point le sourire du plaisir. Je
frémis involontairement quand le juif
Adonias ajouta : « Puisque tu as mangé
et bu, il est bien juste que tu te re-
poses. Viens te coucher. Ton lit sera
peut-être plus dur que celui que tu
avais dans ta prison ; mais il sera plus
sûr. Tes adversaires et tes ennemis ne
t'y trouveront pas. »

Quand il eut fini de parler, il me
conduisit par des passages si longs et
si entortillés, qu'ils confirmèrent à mon
esprit le bruit que j'avais entendu ré-

péter au sujet des routes souterraines,
au moyen desquelles les demeures res-
péctives des Juifs de Madrid com-
muniquent ensemble, et qui ont jusqu'ici fait échouer tous les efforts et
toute l'adresse de l'Inquisition. Je dormis cette nuit, ou plutôt ce jour, car
le soleil était déjà levé; je dormis,
dis-je, sur un lit de sangle, dans une
chambre petite, mais élevée, et dont
les murs, comme ceux de toutes les
pièces de cette singulière habitation,
étaient garnis de nattes jusqu'à la moitié de leur hauteur. Une seule fenêtre,
étroite et grillée, admettait la lumière
du soleil, et au doux bruit des cloches, ainsi qu'au bruit plus doux encore de la nature humaine, réveillée et

en mouvement autour de moi, je m'as-
soupis, et je continuai à dormir du
sommeil le plus profond, et qu'aucun
rêve n'agita, jusque vers la fin du jour,
ou, pour me servir du langage d'Adonias, « jusqu'à ce que les ombres du
soir eussent recouvert la face de la
terre. »

Quand je me réveillai, je le vis à
côté de mon lit. « Lève-toi, » me dit-
il, « mange et bois, afin que tes forces
reviennent. »

En disant ces mots il me montrait du
doigt une petite table garnie de mets
légers et accommodés avec la plus
grande simplicité. Il crut néanmoins
devoir s'excuser du luxe qu'il déployait.

« Quant à moi, » observa-t-il, « je

ne mange la chair d'aucun animal, si
ce n'est aux fêtes et aux néoménies, et
cependant les années de ma vie se mon-
tent déjà à cent sept, dont j'en ai passé
soixante dans la chambre où tu m'as
vu. Il est rare que je monte aux étages
supérieurs de cette maison, excepté
dans des occasions comme celle-ci, ou
quand je veux ouvrir ma fenêtre du
côté de l'orient, pour prier Dieu et lui
demander de retirer sa main de dessus
Jacob, et de faire cesser la captivité de
Sion. Oui, telle a été ma vie. La lumière des cieux a été cachée à mes yeux,
et la voix de l'homme est une voix
étrangère à mes oreilles. Parfois seulement j'écoute les lamentations de mes
frères, qui pleurent sur l'affliction d'Is-

raël. Cependant la corde argentine n'est
pas déliée; la coupe d'or n'est pas
brisée, et quoique mon œil devienne
moins perçant, mes forces ne sont point
abattues. »

Je le regardais en effet pendant qu'il
me parlait, et j'admirais sa figure majestueuse, qui m'offrait un véritable
modèle des anciens patriarches. Il re-
présentait le vieux Testament dans
toute sa sévère grandeur et dans son
antiquité contemporaine du monde.
Après une pause, il ajouta :

« As-tu mangé? T'es-tu rassasié?
Lève-toi donc, et suis-moi. »

Nous descendîmes dans le caveau,
et je découvris que la lampe ne s'y éteignait jamais. Adonias me montrant du

doigt les parchemins épars sur la table, me dit :

« C'est en ceci que j'ai besoin de ton secours. Plus de la moitié d'une vie prolongée au-delà des bornes accordées aux mortels, a été consacrée à recueillir et à transcrire ces manuscrits; mais mes yeux commencent à s'obscurcir, et je sens que j'ai besoin d'être aidé par l'œil plus clair et la main plus prompte de la jeunesse : c'est pourquoi notre frère m'ayant certifié que tu étais un jeune homme qui maniait la plume comme un scribe, et qui en outre avait besoin d'un lieu de refuge pour te mettre à l'abri des embûches de tes frères, j'ai bien voulu que tu vinsses sous mon toit, et que tu mangeasses des choses

que tu viens de voir, ou de celles que
tu pourrais désirer, excepté les mets
abominables défendus par la loi et les
prophètes, et qu'en outre tu reçusses
de moi des gages, comme mon ser-
viteur. »

Vous l'avouerai-je, monsieur ? quelque triste que fût ma position, je ne
pus m'empêcher de rougir à l'idée de
voir un chrétien, un pair du royaume
d'Espagne, secrétaire aux gages d'un
Juif. Adonias continua :

« Et quand ma tâche sera remplie, alors
je serai recueilli avec mes pères, dans
la ferme espérance que mes yeux verront le roi dans sa splendeur et la terre
lointaine; et peut-être, » ajouta-t-il
d'une voix que la douleur rendait douce,

solennelle et tremblante, « peut-être rencontrerai-je, au sein du bonheur, ceux que j'ai quittés dans la peine : toi, Zacharie, le fils de mes reins ; et toi, Lia, l'épouse de mon cœur. (Ces dernières paroles s'adressaient à deux des squelettes placés dans la chambre.) Oui, dans la présence du Dieu de nos pères, les rachetés de Sion se rejoindront ; ils se rejoindront comme ceux qui ne doivent plus se séparer au siècle des siècles. »

A ces mots, il ferma les yeux, leva les mains, et parut absorbé dans une prière mentale. Sa douleur avait peut-être diminué mes préjugés ; il est certain qu'elle avait adouci mon cœur. Dans ce moment, je commençai à croire qu'il

était possible, à la rigueur, qu'un Juif
entrât dans le bercail des bienheureux.
Ce sentiment opéra vivement sur moi,
et je demandai, avec un intérêt véritable, des nouvelles de Salomon, qui
s'était vu exposé, à cause de moi, aux
poursuites des inquisiteurs.

« Sois tranquille, » me dit Adonias,
en secouant sa main osseuse et ridée,
comme pour éloigner un sujet qui,
pour le moment du moins, était au-
dessous de lui. « Notre frère Salomon
ne court aucun risque de la vie, et l'on
ne s'emparera pas même de ses dépouil-
les. Si nos adversaires sont puissans
par la force, nous le sommes par nos
richesses et par notre prudence. Jamais
ils ne découvriront la trace de tes pas,

et, si tu veux m'écouter et suivre mes conseils, ton existence même sur la face de la terre leur restera toujours inconnue. »

Je ne pouvais parler; mais l'expression d'une muette inquiétude, qui se peignait sur ma physionomie, parlait suffisamment pour moi.

« Hier au soir, » me dit Adonias, » tu as fait usage de certaines paroles qui ne me sont pas absolument présentes, mais dont le son a néanmoins causé à mon oreille une sensation extraordinaire. Tu m'as dit, ce me semble, que tu avais été tenté par un être qui aurait voulu te faire renoncer au Tout-Puissant, qui est également l'objet de l'adoration du Juif et du chrétien, et que tu avais déclaré que, quand même le bûcher serait allumé pour toi, tu cracherais sur le tentateur, et tu foulerais aux pieds son offre....... »

« Oui, » m'écriai-je, « je l'ai dit et je l'aurais fait; j'en prends Dieu à témoin. »

Adonias s'arrêta un moment comme pour réfléchir si ce que j'avais dit n'était qu'un élan de passion, ou bien la preuve d'une grande énergie de l'âme. Il parut enfin porter de mes sentimens un jugement favorable, quoique les hommes âgés soient d'ordinaire enclins à regarder des marques d'émotion comme une démonstration de faiblesse plutôt que de sincérité.

« Puisqu'il en est ainsi, » me dit-il

IV.   7

après une longue et solennelle pause, « tu connaîtras le secret qui depuis tant d'années a été un fardeau insupportable à l'esprit d'Adonias. J'ai travaillé depuis ma jeunesse ; mais le moment de ma délivrance approche et elle ne tardera pas à s'accomplir. Dans les jours de mon enfance, un bruit étrange frappa mon oreille : on me dit qu'un être avait été envoyé sur la terre pour tenter les Juifs et les Nazaréens, et jusqu'aux disciples de Mahomet, dont le nom est maudit dans la bouche de nos frères ; qu'il devait leur porter des offres de délivrance dans les momens d'un malheur en apparence sans remède, à condition qu'ils feraient ce que je n'ose répéter, même dans cette solitude, où il n'y a que toi seul pour m'entendre. Tu frémis...... tant mieux : c'est que tu es du moins sincère dans ta croyance erronée. J'écoutais ces bruits avec avidité; et telle était la perversité de mon esprit, que je désirais de rencontrer, que dis-je? de combattre le malin esprit dans toute sa puissance. Ainsi que nos pères dans le désert, je rejetais le pain des anges, et je n'aspirais qu'après les mets défendus, les mets des sorciers de l'Egypte. Ma présomption fut, hélas! cruellement punie; je reste privé de femme, d'enfans, d'amis; avec une existence, prolongée au-delà du terme de la nature, et n'ayant que toi seul au monde pour en mettre les événemens par écrit. Je ne t'en ferai pas présente-

ment le récit ; je me bornerai à te dire
que les deux squelettes que tu vois de
ce côté furent jadis couverts d'une chair
bien plus fraîche que la tienne : ce sont
ceux de ma femme et de mon enfant,
dont tu ne dois pas connaître à présent
l'histoire. Tu dois au contraire lire et
raconter celle de ces deux autres squelettes. De retour dans mon pays, si un
Juif peut dire qu'il a un pays, je m'assis
sur ce siége, j'allumai cette lampe, je
pris en main ma plume, et je fis le vœu
de ne pas souffrir que cette lampe s'é-
teignît, de ne pas quitter ce siége ou
délaisser ce caveau avant que cette histoire ne fût mise par écrit dans un livre.
Je ne te dirai point comment je fus
poursuivi par les fils de Dominique,

et comment j'échappai à leurs serres. Qu'il te suffise de savoir qu'ils virent mes manuscrits, et qu'ils ne purent les déchiffrer. Je jurai pour lors de ne jamais en donner la clef qu'à un Nazaréen qu'ils auraient poursuivi, comme moi, et je suppliai le Dieu d'Israël de m'en faire rencontrer un : ma prière a été exaucée, car je te vois ! »

En écoutant ce discours, une terreur inexplicable remplissait mon âme. Je regardais tantôt l'orateur flétri par l'âge, et tantôt la douloureuse tâche qu'il m'imposait. Ne suffisait-il donc pas de porter dans mon cœur cet horrible secret ? Fallait-il encore remuer les cendres d'autres infortunés pour les répandre au loin ? Je finis cependant par jeter les yeux sur les manuscrits. Adonias me les présenta, et me fit remarquer qu'ils étaient en langue espagnole, mais écrits avec des caractères grecs. Il me pressa de me mettre à l'ouvrage. Ma répugnance pour cette tâche était invincible; il me semblait que j'ajoutais un nouvel anneau à la chaîne par laquelle une invincible main m'entraînait à ma perte, et que j'allais devenir l'historien de ma propre condamnation.

Comme je feuilletais les manuscrits d'une main tremblante, Adonias, rempli d'une émotion surnaturelle, s'écria: « Qu'est-ce qui te fait trembler, enfant de la poussière? Si tu as été tenté, ils l'ont été aussi; si tu as résisté, ils ont résisté comme toi; s'ils goûtent le repos,

tu le goûteras un jour. Tu n'as pas
souffert une seule douleur spirituelle ou
temporelle qu'ils n'aient aussi soufferte
long-temps avant qu'il fût question de
ta naissance. Jeune homme, ta main
tremble en touchant ces feuillets qu'elle
n'est pas digne de toucher, et cependant il faut que je t'emploie, car j'ai besoin de toi. Triste lien de la nécessité
qui réunit deux esprits si peu faits l'un
pour l'autre ! »

Tandis qu'il parlait, je ne cessais de
feuilleter le volume.

Eh bien ! » continua Adonias, « ta
main hésite-t-elle encore à transcrire
l'histoire de ceux dont la destinée se
trouve liée à la tienne par une chaîne
si miraculeuse, si invisible et si indis-

soluble? Regarde, quoiqu'ils n'aient plus de langue, ils te parlent avec une éloquence plus forte que s'ils étaient encore en vie. Ils étendent vers toi leurs bras décharnés, et leur silence même t'implore. Ecoute-les : prends la plume et écris. »

Je pris la plume; mais il me fut impossible d'écrire un mot. Adonias dans un moment de transport arracha un squelette du lieu qu'il occupait, et le plaça devant moi en disant : « Là, raconte-lui toi-même; il te croira peut-être, et il écrira sous ta dictée. »

La nuit était orageuse, et quoique nous fussions profondément cachés sous la surface de la terre, le murmure des vents arrivait jusqu'à moi, et ressemblait à la voix de ceux qui ne sont plus. Je fixai involontairement les yeux sur le manuscrit que je devais copier ; je pris la plume, et je ne la quittai que quand je l'eus achevé.

~~~~~~

CHAPITRE XX.

HISTOIRE DES INDIENS.

Dans le nord des Indes, et non loin de l'embouchure du Hoogly, est située une île qui, par sa position et par des circonstances particulières, resta long-temps inconnue aux Européens. Elle n'était même visitée par les habitans des îles voisines que dans certaines occasions extraordinaires. Elle est entourée de bas-fonds qui en rendent l'approche impraticable à tout vaisseau chargé, et les rochers qui bordent la côte, font que cette approche est dangereuse, même pour les légers canots des natu-

rels du pays ; mais ce qui la rendait autrefois plus formidable encore que tout
le reste, c'étaient les horreurs dont la
superstition l'avait comme investie. Il
existait une tradition, d'après laquelle
le premier temple de la déesse Séeva
avait été construit dans cette île, où sa
hideuse idole, assise sur une natte de
vipères entrelacées, portant un collier
de crânes humains, et des langues four-
chues sortant de ses vingt bouches de
serpent, avait reçu de ses adorateurs
le premier hommage sanglant ; hommage qui consistait en membres mutilés
et en enfans immolés.

Le temple avait été renversé et l'île
à moitié dépeuplée par un tremblement
de terre qui s'était fait ressentir jusque

sur les côtes des Indes. Il avait cependant été rebâti par le zèle de ses adorateurs, qui recommençaient à visiter
l'île, quand un ouragan, sans exemple
même dans ces climats, vint désoler le
lieu consacré. La pagode fut consu-
mée par la foudre; les habitans, leurs
maisons, leurs champs cultivés, furent
détruits, au point qu'il ne resta pas
dans toute l'île une trace d'humanité,
de culture ou de vie. Les dévots con-
sultaient leur imagination pour se rendre compte de la cause de ces calamités; et tandis qu'assis à l'ombre de leurs
cocotiers, ils défilaient leurs chapelets
de couleur, ils attribuaient ces évène-
mens à la colère de la déesse Séeva,
irritée de la popularité croissante du

dieu Juggernaut. Ils soutenaient que l'on avait vu son image s'élevant au milieu des flammes qui avaient consumé les autels auxquels ses adorateurs s'étaient vainement attachés pour leur sûreté, et ils étaient fermement persuadés qu'elle s'était rendue dans quelque île plus heureuse, où elle espérait jouir de festins de chair et de sang, en paix et sans être molestée par l'aspect du culte d'une déité rivale. En conséquence, l'île resta pendant de longues années inculte et privée d'habitans.

Les équipages des vaisseaux européens, ajoutant foi à l'assurance des Indiens, et persuadés qu'ils n'y trouveraient ni animaux, ni végétaux, ni même de l'eau, évitaient de la visiter, et les naturels du pays, en passant devant dans leurs canots, lançaient un regard de tristesse sur son aspect désert, et jetaient quelque objet à la mer pour désarmer le courroux de Séeva.

Cette île, ainsi abandonnée à elle-même, devint d'une fertilité extraordinaire, de même que l'on voit certains enfans qui profitent mieux quand on les néglige, que quand on les entoure de tous les soins du luxe et d'une tendresse excessive. Le sol était tapissé de fleurs, les arbres couverts du feuillage le plus épais, pliaient sous le poids des fruits ; mais il n'y avait pas de main pour les cueillir ni de bouche pour les savourer, quand un jour quelques pêcheurs, qu'un courant très fort avait

poussés dans l'île, qu'ils avaient vainement cherché à éviter, se virent forcés
d'en approcher, non sans avoir adressé
à la déesse Séeva les plus ferventes
prières, pour se la rendre favorable. A
leur grand étonnement, ils purent s'en
éloigner de nouveau sans avoir éprouvé
de malencontre; seulement ils rappor-
tèrent à leur retour qu'ils y avaient entendu les sons les plus exquis qui jamais eussent frappé leurs oreilles, et ils
jugèrent que sans doute une déesse
moins cruelle que Séeva y avait fixé son
séjour. Les plus jeunes d'entre les pêcheurs ajoutèrent à ce rapport, qu'ils
avaient entrevu la figure d'une femme,
d'une beauté extraordinaire, qui avait
glissé et disparu entre les arbres qui

ombrageaient de toutes parts les rochers de la côte. Ils ne manquèrent pas
de supposer que cette femme était une
incarnation de Vishnou, sous une
forme plus aimable qu'aucune de celles
qu'il eût jamais prises.

Les habitans des îles voisines, non
moins superstitieux que pleins d'imagination, déifièrent cette vision, chacun à sa manière. Les vieux dévots, en
l'invoquant, n'abandonnaient aucune
des pratiques sanglantes du culte de
Séeva et de Harée; les jeunes femmes
s'approchaient, avec leurs légers canots, le plus près possible, de l'île enchantée, offrant des vœux à Camdèo
(le dieu de l'amour chez les Indiens),
à qui ils envoyaient de petites nacelles

de papier remplies de fleurs, et avec un cierge allumé, dans l'espoir que leur divinité chérie fixerait sa résidence dans cette île. Les jeunes gens aussi, ou du moins ceux qui étaient amoureux et qui aimaient la musique, allaient sur les côtes de l'île supplier Apollon Krishnou de la sanctifier par sa présence; ne sachant ce qu'il fallait lui offrir, debout sur la proue de leurs canots, ils chantaient des airs sauvages, et finissaient par jeter à la mer une figure de cire tenant en main une espèce de lyre.

On vit pendant long-temps ces canots voguer régulièrement toutes les nuits, et se croiser dans l'obscurité comme des météores lumineux. Tantôt une main tremblante déposait sur la

grève la lanterne de papier ou la cor-
beille de fleurs ; tantôt une main plus
hardie la suspendait en offrande aux
rochers du rivage. Les simples insu-
laires se plaisaient dans leur humilité
volontaire ; mais on remarquait qu'ils
revenaient de l'île avec des idées bien
douces de l'objet de leur adoration. Les
femmes s'efforçaient de répéter les sons
divins qui avaient frappé leurs oreilles ;
les hommes rentraient chez eux, désolés
de n'avoir pu entrevoir la forme céleste
qui, au rapport des pêcheurs, errait
dans ce lieu inhabité.

Peu à peu l'île perdit la mauvaise ré-
putation dont elle avait joui depuis si
long-temps, et une aventure arriva à la
fin, qui ne laissa plus de doute sur sa

sainteté et sur celle du seul habitant
qu'elle renfermât.

Un jeune Indien avait offert, à plusieurs reprises, mais en vain, à sa bien-
aimée, le bouquet mystique, dont l'ar-
rangement des fleurs exprimait son
amour. Inquiet de savoir sa destinée,
il se rendit à l'île enchantée, afin de
l'apprendre de la mystérieuse divinité
qui y avait fixé sa demeure. Pendant
qu'il dirigeait son canot vers la côte,
il composa une chanson impromptu,
dans laquelle il disait que sa maîtresse
le repoussait comme s'il avait été un
Paria, quoiqu'il l'eût aimée, fût-il même
descendu de l'illustre caste des Brames.
Il ajoutait que sa peau était plus brillante que le marbre poli des degrés par

lesquels on descend à la fontaine d'un
rajah, et ses yeux plus brillans qu'aucune de ceux qui se soient jamais cachés
derrière la purdah brodée d'une Na-
waub. Elle était plus majestueuse à ses
yeux que la noire pagode de Juggernaut, et plus éclatante que le trident
du temple de Mahadeva, quand il est
éclairé des rayons de la lune. Il n'était
pas étonnant que ces deux objets trou-
vassent une place dans ses vers, car il
les distinguait l'un et l'autre sur la côte,
tandis qu'il sillonait une mer tranquille, sous le ciel serein d'une nuit du
tropique. Il termina sa chanson en
promettant à sa maîtresse, si elle agréait
ses soupirs, de lui construire une ca-
bane, à quatre pieds de terre, pour la

mettre à l'abri des serpens, de planter à l'entour et des palmiers et des tamarins, et de chasser pendant son sommeil les moustiques avec un éventail formé des feuilles du premier bouquet qu'elle daignerait accepter en témoignage de sa passion.

Le hasard voulut que la même nuit la jeune personne, de qui la réserve n'avait pas eu l'indifférence pour cause, se rendit aussi à cette île, dans un canot, et avec deux de ses compagnes, afin de découvrir si les vœux de son amant étaient sincères. Ils arrivèrent au même instant, et malgré l'obscurité que les premières teintes du matin n'avaient pas encore dissipée, ils prirent courage, et ils descendirent, chacun de leur

côté, sur le rivage, tenant dans leurs
mains des corbeilles de fleurs. Ils s'a-
vancèrent vers la ruine de la pagode,
où l'on s'imaginait que la nouvelle déesse
avait fixé son séjour.

Ils eurent quelque peine à se faire
jour à travers les taillis de fleurs qui
couvraient spontanément la terre inculte, et non sans crainte de voir un
tigre s'élancer sur eux à chaque pas.
Ils se rassurèrent cependant quand ils
se furent rappelés que ces animaux se
cachent d'ordinaire dans les grands ma-
rais de roseaux, et n'ont pas pour retraite les lieux parfumés de fleurs. Les
crocodiles n'étaient pas non plus à
craindre dans les ruisseaux étroits qu'ils
pouvaient traverser sans mouiller de

leur eau limpide la cheville de leurs
pieds. Le tamarin, le cocotier, le palmier éparpillaient leurs fleurs, exhalaient
leurs parfums et balançaient leurs ra-
meaux sur la tête de la jeune femme
tremblante et pieuse, à mesure qu'elle
approchait des ruines de la pagode. Ce
temple avait été jadis un édifice massif
et carré, construit au milieu des rochers, qui, par un caprice de la nature,
assez ordinaire dans les mers des Indes, occupaient le centre de l'île, et
paraissaient être le résultat d'une érup-
tion volcanique. Le tremblement de
terre, qui avait renversé le temple, avait
mêlé les rochers et les ruines, de manière qu'ils ne formaient plus qu'une
masse informe qui semblait attester à la

fois l'impuissance de la nature et de l'art, abattus par cette puissance qui les a créés, et qui peut les anéantir l'un et l'autre. D'un côté, l'on voyait des colonnes chargées de caractères hyéroglyphiques; de l'autre, des pierres qui portaient les marques d'un pouvoir irrésistible. Mortels, disait ce pouvoir, vous tracez avec le ciseau, je n'écris qu'avec le feu. Ici, les restes du monument offraient la représentation des serpens hideux sur lesquels Séeva avait été assise; et là, la rose croissait entre les fentes des rochers, comme si la nature avait voulu envoyer la plus charmante de ses enfans pour prêcher aux humains sa douce théologie. L'idole même était tombée, et ses fragmens épars jonchaient le terrain. On voyait cependant encore cette bouche horrible dans laquelle on avait autrefois jeté des cœurs palpitans, tandis qu'alors des paons superbes, étalant leur magnifique plumage, nourrissaient leurs petits au milieu des branches de tamarin qui ombrageaient ses fragmens noircis.

Les jeunes Indiennes s'avançaient, et leurs craintes diminuaient. Rien en effet ne devait inspirer cette terreur religieuse qui marque l'approche d'un être spirituel. Tout autour d'eux était calme, obscur et silencieux. Près des ruines se trouvaient les restes d'une fontaine, telle que l'on en voit à côté de toutes les pagodes, et qui servent à rafraîchir et à purifier les dévots personnages qui vi-

IV.   9

sirent le lieu; mais les degrés qui y conduisaient étaient brisés, et l'eau était stagnante. Les jeunes Indiennes en burent cependant quelques gouttes, en invoquant la déesse de l'île, après quoi elles s'approchèrent de la seule arcade qui restât entière. L'intérieur du temple avait été creusé dans le roc. On y voyait, comme dans l'île Eléphantine, des figures monstrueuses taillées en pierres, dont les unes étaient adhérentes au rocher, et les autres détachées.

Deux jeunes compagnes de l'Indienne, distinguées par leur courage, s'avancèrent en formant une espèce de danse irrégulière devant les ruines des anciens dieux, et invoquèrent la nouvelle habitante de l'île, pour qu'elle daignât être propice aux vœux de leur amie. Celle-ci s'approchait de son côté, pour suspendre sa guirlande de fleurs aux débris d'une idole à moitié cachée parmi les fragmens de pierres, et couverte de cette riche végétation qui, dans les pays de l'Orient, semble annoncer le triomphe éternel de la nature au milieu des ruines de l'art. La rose se renouvelle tous les ans; mais des siècles ne renouvelleraient pas une pyramide.

La belle Indienne attache sa guirlande. Tout à coup une voix cachée murmure : « Il y a ici une fleur fanée. »

« Oui, oui, il y en a une, » répondit la jeune fille, « et cette fleur fanée est l'emblême de mon cœur. J'ai cultivé plus d'une rose, mais j'ai laissé flétrir

celle qui m'était la plus chère de toutes.
Veux-tu la ranimer pour moi, déesse
inconnue, afin que ma guirlande ne
déshonore pas tes autels ? »

« Veux-tu ranimer la rose, en la
réchauffant contre ton sein, » dit le
jeune amant, en sortant de derrière les
fragmens de rochers et de colonnes où
il s'était caché, et où il avait prononcé,
sous la forme d'oracles, des réponses
aux discours emblématiques, mais in-
telligibles de son amante, qu'il avait
écoutés avec ravissement. « Ranimeras-
tu la rose, » répéta-t-il en la serrant contre son cœur avec des transports d'a-
mour et de bonheur. La jeune Indienne
cédant à la fois au sentiment et à la
superstition, se laissa aller dans ses

bras, mais soudain elle s'en arracha, le repoussa de toutes ses forces et se retira tremblante d'effroi. Elle ne pouvait parler, et se bornait à montrer du doigt une figure qui venait d'apparaître au milieu de cette masse tumultueuse et indéfinie de rochers et de ruines. L'amant, sans être alarmé du cri de sa maîtresse, s'avançait pour la reprendre dans ses bras, quand son regard se fixa sur l'objet qui avait frappé le sien, et il se laissa tomber le visage contre terre, dans une adoration muette.

La figure qu'ils avaient aperçue était celle d'une femme, comme ils n'en avaient jamais vue. Sa peau était d'une blancheur éblouissante, surtout comparée à la teinte cuivrée des Indiens du

Bengale. Ses vêtemens n'étaient que des
fleurs tressées avec des plumes de paon,
et dont les riches couleurs formaient une
draperie très-digne en effet de couvrir
une déesse insulaire. Ses longs cheveux
châtains, nuance qui leur était inconnue,
tombaient jusqu'à ses pieds, et se mê-
laient fantastiquement aux fleurs et aux
plumes qui formaient son habillement.
Sur sa tête elle portait une couronne
de ces coquillages brillans que l'on ne
trouve que dans les mers des Indes, et
dont le pourpre et le vert luttent d'éclat
avec l'améthyste et l'émeraude. Sur son
épaule blanche et nue était perché un
loxia, et autour de son cou elle portait
un collier formé des œufs de cet oiseau,
si blancs et si diaphanes, que la pre-

mière souveraine de l'Europe aurait
échangé contre eux son plus beau rang
de perles. Ses bras et ses jambes étaient
tout-à-fait nus, et son pas avait une
rapidité et une légèreté divines, qui
frappèrent autant l'imagination des Indiens, que la couleur extraordinaire de
sa peau et de ses cheveux.

Les jeunes amans, ainsi que nous
l'avons dit, se prosternèrent respectueusement devant cette vision. Des sons
délicieux frappèrent leurs oreilles. La
vision leur adressait la parole, mais
c'était dans une langue qui leur était
inconnue; cette circonstance les con-
firma dans l'idée qu'ils entendaient le
langage des dieux, et ils se prosternèrent de nouveau. Dans ce moment le

loxia, quittant son épaule, vint voltiger autour d'eux. « Il va chercher des porte-lanternes pour en éclairer son nid, » dirent les Indiens ; mais l'oiseau, avec une intelligence particulière à son es-pèce, avait compris et adopté la pré-dilection de sa maîtresse, pour les fleurs fraîches dont elle formait tous les jours sa parure. Il s'élança donc sur le bou-ton de rose fané qui se trouvait dans le bouquet de l'amant, et l'arrachant d'en-tre les autres fleurs, il le déposa aux pieds de sa maîtresse. Les Indiens in-terprétèrent cet augure d'une manière favorable, et après s'être encore une fois prosterné contre terre, ils reprirent le chemin de l'île qu'ils habitaient. Cette fois, ils ne s'embarquèrent pas dans des

canots différens; l'amant dirigea celui
de son amante, qui assise en sûreté
à côté de lui, prêtait l'oreille aux hym-
nes que ses jeunes compagnes chantaient en l'honneur de la *blanche* déesse
et de l'île propice aux amours, où elle
avait fixé sa demeure.

La belle et unique habitante de cette
île, troublée un moment à la vue de
ses adorateurs, ne tarda pas à recou-
vrer sa tranquillité. Elle ne pouvait
connaître la crainte, car rien, dans le
monde qu'elle avait vu, ne lui avait
encore offert l'apparence de l'inimitié.
Le soleil et l'ombre, les fleurs et les
feuilles, les tamarins et les figues dont
elle se nourrissait; l'eau qu'elle buvait
en admirant l'être charmant qui buvait

IV.   10

toujours avec elle; les paons qui étalaient leur riche et brillant plumage
aussitôt qu'ils la voyaient; enfin le loxia
qui, perché sur sa main ou sur son
épaule, la suivait dans ses promena-
des, et s'efforçait d'imiter sa voix par
ses gazouillemens : tous ces objets
étaient ses amis, et elle ne connaissait
qu'eux.

Les êtres humains qui parfois approchaient de l'île, lui causaient à la vérité
une légère émotion; mais c'était plutôt
de la curiosité que de la crainte. D'ailleurs leurs gestes exprimaient tous du
respect, leurs offrandes de fleurs lui
étaient si agréables, leurs visites se passaient dans un silence si profond, qu'elle
les voyait sans aucune répugnance; et

s'étonnait seulement en les voyant partir, comment ils pouvaient se soutenir
en sûreté sur les eaux, et comment des
créatures d'une couleur si sombre, et
avec des traits si peu agréables, pouvaient *croître* au milieu des brillantes
fleurs qu'elles lui offraient comme les
produits de leurs demeures.

On pourrait penser que du moins
les élémens devaient avoir inspiré à son
imagination quelques idées terribles ;
mais la régularité périodique de leurs
phénomènes dans le climat qu'elle ha-
bitait, les dépouillait de ce qu'ils avaient
d'effrayant. Elle s'y était accoutumée
comme à la succession du jour et de la
nuit. N'ayant jamais entendu l'expression de la frayeur d'autrui, elle n'en

éprouvait pas elle-même : car cette com-
munication est dans la plupart des esprits la première cause de l'effroi.
Elle n'avait jamais senti que des dou-
leurs si légères, qu'elles n'en méritaient
pas le nom ; elle n'avait aucune idée de
la mort. Comment, d'après tout cela,
aurait-elle connu la crainte ?

Quand par hasard l'île était visitée
par un ouragan, accompagné du spectacle horrible d'une profonde obscurité au milieu du jour, de nuages noirs
et suffoquans, du roulement d'un tonnerre épouvantable, elle restait tranquille sous le large feuillage du bananier, ignorant son danger, et examinant
avec une curiosité inexplicable, les oiseaux qui penchaient la tête et les ailes,

et les singes qui sautillaient de branches en branches dans leur bizarre frayeur. Si la foudre tombait sur un arbre, elle la contemplait comme un enfant regarde un feu d'artifice que l'on tire pour l'amuser. Elle pleurait cependant le lendemain, quand elle voyait que les feuilles flétries ne se ranimaient pas. Quand la pluie descendait par torrens, les ruines de la pagode lui offraient un abri, et elle écoutait avec un ravissement inexprimable le bruit des eaux qui roulaient autour d'elle. Elle vivait ainsi comme une fleur au milieu du soleil et de la tempête, plus brillante à la lumière du jour, mais pliant au vent, et tirant de l'un et de l'autre sa douce et sauvage existence. Cette existence moitié physi-

que, moitié imaginative, mais sans passions ou intelligence, dura jusqu'à sa
dix-septième année. Ce fut alors qu'une
circonstance arriva qui en changea pour
toujours la couleur.

Le lendemain du jour où les Indiens
étaient partis, Immalie, c'était le nom
que ses adorateurs lui avaient donné;
Immalie, disons-nous, se tenait, vers
le soir, sur le rivage, quand elle vit
s'approcher d'elle un être différent de
tous ceux qu'elle avait vus jusqu'alors.
La couleur de son visage et de ses mains
ressemblait à la sienne, mais ses vêtemens, qui étaient européens et taillés
d'après la mode de l'an 1680, lui parurent si mal séans, si peu gracieux, qu'elle
éprouva une sensation mêlée de répu-

gnance et d'étonnement; que ses beaux traits ne purent exprimer autrement que par un sourire.

L'étranger s'approcha d'elle, et elle s'avança vers lui, non point comme une femme d'Europe, avec des révérences pleines de grâce, moins encore comme une jeune fille de l'Inde, avec d'humiliantes courbettes; mais semblable à un jeune faon : ses manières exprimaient à la fois la vie, la timidité, la confiance. Elle quitta précipitamment la grève, courut à son antre favori, et revint bientôt après, entourée de son escorte de paons, ils étalaient leurs magnifiques roues, comme si l'instinct leur avait fait connaître le danger que courait leur protectrice qui, frappant dans ses mains avec joie, paraissait, de son côté, les inviter à partager le bonheur qu'elle éprouvait en contemplant la nouvelle *fleur* qui avait pris naissance au milieu des sables du rivage.

L'étranger, parvenu auprès d'elle, lui adressa la parole. A son grand étonnement, Immalie reconnut le langage dont les faibles souvenirs de son enfance avaient laissé quelques traces dans sa mémoire, langage qu'elle avait vainement essayé d'apprendre à ses paons, à ses perroquets et à ses loxias. En attendant, ces sons lui étaient devenus si étrangers, qu'elle fut enchantée quand elle entendit une bouche humaine en prononcer les plus insignifians. Quand l'étranger lui eut dit : « Comment vous portez-

vous, belle vierge ? » Elle répondit :
« Dieu m'a faite, » première réponse du
catéchisme que sa bouche enfantine
avait autrefois appris à balbutier.

« Dieu n'a jamais fait une plus belle
créature, » reprit l'étranger en fixant
sur elle des yeux qui brûlent encore
sous les paupières de ce grand trom-
peur.

« Oh! qu'oui, » répondit Immalie,
« Il a fait beaucoup de choses plus
belles. La rose est plus rouge que je ne
le suis, le palmier est plus grand; mais
ils changent tous, et je ne change pas.
La rose se fane après quelques heures,
et moi je deviens plus grande et plus
forte....... Mais d'où venez-vous ? Vous

n'êtes pas muet comme ceux qui vivent
sous la mer; vous n'êtes pas rouge
comme ceux que j'aimais, qui me ressemblaient, et qui me paraissaient venir de bien loin au-delà des eaux. D'où
venez-vous ? Vous n'avez pas l'éclat des
étoiles. Où croissez-vous, et comment
êtes-vous venu ici ? J'ai un faible souvenir d'avoir vu un être comme vous,
mais il y a si long-temps que je puis à
peine me le rappeler. »

« Belle créature, » dit l'étranger, « je
viens d'un monde où il y a des milliers
d'êtres comme moi. »

« Des milliers ! » dit Immalie; « qu'est-
ce que cela veut dire ? »

— « Cela veut dire beaucoup. »

— « C'est impossible : car je suis
seule ici, et tous les mondes doivent
ressembler à celui-ci. »

« Ce que je vous dis est cependant
vrai, » reprit l'étranger.

Immalie s'arrêta un moment, comme
si elle eût fait pour la première fois un
effort pour réfléchir. Cet effort était pénible dans un être dont l'existence n'a-
vait été composée jusqu'alors que d'heu-
reuses inspirations et d'un instinct irré-
fléchi ; puis tout à coup elle s'écria :

« Je vous entends mieux que mes
oiseaux. Ce que nous faisons s'appelle,
je crois, parler. Dans le pays d'où vous
venez, les oiseaux et les roses parlent-ils
aussi ? »

Au lieu de répondre à sa question,

l'étranger lui fit entendre qu'il avait
faim. Immalie s'empressa de l'engager à
la suivre ; elle lui servit un léger repas
de figues et de tamarins, et puisa, dans
une coquille de coco, de l'eau du ruisseau limpide qui coulait à l'ombre du
manguier. Pendant qu'il mangeait, Immalie lui raconta tout ce qu'elle savait
d'elle-même. Elle était, disait-elle, la
fille d'un palmier : c'est-à-dire que sous
son ombre elle avait éprouvé la première sensation de son existence. Elle
était sans doute fort âgée, car elle avait
vu bien des roses naître et se flétrir ; et,
quoiqu'elles eussent été suivies d'autres
roses, elle aimait mieux les premières,
parce qu'elles étaient beaucoup plus
grandes et plus brillantes ; d'ailleurs

tout était devenu plus petit : car elle
pouvait présentement atteindre au fruit
qu'autrefois elle n'obtenait qu'après qu'il
fût tombé à terre.

Ici, l'étranger l'interrompit pour lui
demander comment elle avait appris à
parler. « C'est ce que je m'en vais vous
dire, » répondit Immalie. « Je savais
parler avant d'être née; mais du reste
je me rappelle que j'avais autrefois avec
moi un être qui me ressemblait beaucoup, mais il était noir. Cet être était
bien bon; il prenait soin de moi; il me
caressait; quand j'étais petite, il m'ap-
portait à manger et à boire, et il me
parlait la même langue que vous... Oh !
je me rappelle en effet à présent qu'il
m'a dit une fois, tout comme vous,

qu'il y avait un autre monde dans lequel il y avait beaucoup d'êtres comme
moi : je l'avais tout-à-fait oublié........,,
Mais pour en revenir à lui, un jour, je
m'étais assise sous ce palmier que vous
voyez là-bas; je désirais un tamarin
pour me rafraîchir, parce qu'il faisait
très-chaud. Il n'y en avait point autour
de nous, et mon bon ami noir me dit
qu'il m'en irait chercher un plus loin....
Eh bien! le croiriez-vous? depuis ce
temps, je ne l'ai plus revu. J'ai bien
pleuré, quand j'eus attendu long-temps,
long-temps sans le voir revenir. Je l'ai
cherché partout, et je ne puis m'imaginer ce qu'il est devenu. »

Pendant ce discours d'Immalie, l'é-
tranger s'était appuyé contre un arbre,

et la contemplait avec une expression indéfinissable. Pour la première fois de sa vie, son regard peignait une sorte de compassion. Cette sensation ne dura pas long-temps dans un cœur où elle était étrangère. Son expression se changea bientôt en un regard moitié ironique, moitié diabolique, qu'Immalie ne pouvait comprendre.

« Vous êtes donc maintenant ici toute seule? » dit-il : « depuis le départ de votre compagnon, vous n'avez pas retrouvé d'autre ami? »

— « Oh, oui! j'ai un ami bien plus beau que l'autre; mais il ne parle pas. Il demeure sous les eaux. Je l'embrasse, et il me rend mes caresses; mais sa bouche est si froide! Et puis quand je l'embrasse, on dirait qu'il danse, et sa beauté se brise en beaucoup, beaucoup de petits visages qui me sourient comme autant de petites étoiles. »

Elle continua encore pendant quelque temps à décrire ce mystérieux ami; et, quand elle eut fini, l'étranger lui demanda si c'était un homme ou une femme.

« Je ne sais pas ce que vous voulez dire, » répondit Immalie.

— « Je vous demande de quel sexe est votre ami. »

Il n'obtint aucune réponse satisfaisante à cette question, et ce ne fut que le lendemain, qu'en visitant de nouveau l'île, il fut confirmé dans le soupçon que lui avaient inspiré les discours

d'Immalie. Il trouva cet être innocent
et aimable penché sur un ruisseau qui
réfléchissait son image à qui elle faisait
mille agaceries pleines de grâces et d'une
naïve tendresse. L'étranger la contem-
pla pendant quelque temps, et des pensées, que nul homme ne pourrait péné-
trer, jetèrent pour un moment leur expression variée sur sa physionomie d'ordinaire si calme.

La joie avec laquelle Immalie le
reçut contribua aussi à ramener des
sentimens humains dans un cœur auquel ils avaient été depuis long-temps
étrangers. Il éprouva une sensation
semblable à celle de son maître, quand
il visita le paradis terrestre : c'est-à-dire
de la pitié pour les fleurs qu'il était

IV. 11

résolu de flétrir à jamais. Il la regarda, comme elle folâtrait autour de lui, les bras étendus et les yeux ivres de joie, et il soupira quand il l'entendit célébrer son arrivée avec des paroles bien dignes d'un être qui de temps immémorial n'avait entendu que le murmure des eaux et le chant des habitans des airs. Néanmoins, quelle que fût son ignorance, elle ne put s'empêcher de témoigner sa surprise de ce qu'il venait dans l'île sans aucun moyen apparent de transport. Il évita de répondre, et dit : « Immalie , je viens d'un monde bien différent de celui que vous habitez, et où vous ne voyez que des fleurs inanimées et des oiseaux privés de raison. Je

viens d'un monde où tous les habitans
pensent et parlent comme moi. »

Immalie garda pendant quelques instans un silence d'étonnement et de joie.
A la fin, elle s'écria : « Oh! comme ils
doivent s'aimer ! car j'aime bien mes
pauvres oiseaux et mes fleurs, et mes
arbres qui m'ombragent, et mes ruisseaux qui chantent pour moi. »

L'étranger sourit. « Dans tout ce
monde, il n'y a peut-être pas une créature aussi belle et aussi innocente que
vous. C'est un monde de souffrances,
de crimes et de soucis. »

A ces mots, Immalie regarda fixe-
ment l'étranger. Elle ne comprenait
rien à ce qu'il lui disait, et ce ne fut pas
sans peine qu'il parvint à lui donner

une bien faible idée de ce qu'il entendait par ces mots épouvantables.

« Oh ! » s'écria-t-elle à la fin, » si je vivais dans ce monde, j'y voudrais rendre chacun heureux. »

— « Mais vous ne le pourriez pas, Immalie. Ce monde est si grand que, dans tout le cours de votre vie, vous pourriez à peine le traverser ; et, dans vos courses, vous ne verriez qu'un petit nombre de malheureux à la fois, et souvent leurs malheurs seraient tels, qu'aucun pouvoir humain ne pourrait les soulager. »

À ces mots, Immalie fondit en larmes.

« Faible, mais aimable créature, » dit l'étranger, « pensez-vous que vos larmes puissent guérir les souffrances de la maladie, rafraîchir les feux qui brûlent dans un cœur ulcéré, ranimer le corps exténué par la faim, mais surtout, surtout, éteindre les flammes des passions illicites ? »

Immalie pâlit à cette énumération de maux dont elle n'avait aucune idée. A la fin, elle dit que partout où elle irait, elle apporterait des fleurs, et qu'elle ferait asseoir les malheureux sous l'ombre du tamarin. Quant à la maladie et à la mort, elle ne savait pas ce que cela voulait dire. « C'est peut-être comme les fleurs que je vois souvent languir, et d'autrefois se faner pour ne plus revenir. Mais, » ajouta-t-elle après avoir réfléchi un moment,

« j'ai aussi remarqué que ces fleurs gar-
dent leurs délicieux parfums, même
après qu'elles se sont flétries pour toujours. Ne serait-il pas possible aussi que
ce qui pense vive après que notre corps
s'est flétri? Cette pensée est bien douce!»
Pour la passion, elle n'en avait aucune idée, et ne pouvait proposer de
remède à un mal qui lui était si complé-
tement étranger. Elle avait vu des fleurs
se faner quand leur saison était passée,
mais elle ne pouvait concevoir pourquoi
une fleur se détruirait elle-même.

« Mais n'avez-vous jamais remarqué
un ver dans une fleur? » dit l'étranger
avec tout l'artifice de la séduction.

« Oui, » répondit Immalie; « mais

le ver ne faisait point partie de la fleur.
Ses propres feuilles n'auraient pu lui
faire de mal. »

Ceci amena une discussion à laquelle
l'innocence parfaite d'Immalie ôta
tous ses dangers. Nonobstant sa vive
curiosité, et la promptitude de son en-
tendement, ses réponses enjouées,
mais vagues, son imagination inquiète
et bizarre, ses armes intellectuelles acé-
rées, mais qu'elle ne savait pas manier;
enfin, et par-dessus tout, son instinct
et son tact infaillibles pour ce qui était
juste ou injuste, tout cela fit échouer
plus sûrement les discours du tentateur,
que s'il avait argumenté contre tous les
logiciens réunis des académies euro-
péennes. Versé dans tous les sophismes

des écoles, il était plus qu'ignorant dans cette rhétorique du cœur et de la nature. Tel on dit que le lion s'humilie devant une vierge dans sa pureté native, le tentateur se retirait mécontent, quand il vit des larmes mouiller les yeux d'Immalie : cette innocente douleur lui offrit un présage triste et favorable.

« Vous pleurez, Immalie? »

« Oui, je pleure toujours quand je vois le soleil disparaître le soir derrière les nuages; et vous, soleil de mon cœur, disparaîtrez-vous aussi dans l'ombre? ne renaîtrez-vous pas? dites-moi, ne vous reverrai-je plus? » En prononçant ces mots, elle pressa la main de l'étranger contre sa bouche de

corail. « Je n'aimerai plus ni mes roses,
ni mes paons, si vous ne revenez pas :
car ils ne peuvent pas me parler comme
vous faites, et je ne puis leur demander
des pensées, tandis que vous m'en don-
nez beaucoup. Oh! je voudrais avoir
beaucoup de pensées au sujet de ce
monde qui souffre, et d'où vous venez.
En effet, je dois croire que vous en êtes
venu, car jusqu'au moment où je vous
ai vu, je n'avais jamais senti une douleur qui ne fût un plaisir. Maintenant
tout est douleur, surtout quand je
songe que vous ne reviendrez pas. »

— « Je reviendrai, belle Immalie, et
je vous montrerai, à mon retour, un
aperçu de ce monde d'où je viens, et
que vous habiterez bientôt vous-même. »

IV.   12

« Je vous y verrai donc, » dit Immalie; « sans cela, comment pourrais-je *parler des pensées* ? »

— « Oh, oui! oh, certainement!

— « Mais pourquoi répétez-vous deux fois la même chose? Un mot de votre bouche aurait suffi. »

— « Eh bien! donc, oui! »

— « Prenez cette rose, et respirons-en le parfum ensemble. C'est ce que je dis à mon ami du ruisseau, quand je me baisse pour l'embrasser; mais il retire sa rose avant que je l'aie sentie, et je laisse la mienne sur l'eau. Eh bien! ne voulez-vous pas la prendre? »

« Oui, sans doute, » dit l'étranger en prenant une fleur dans le bouquet qu'Immalie lui présentait. Elle était fanée. Il s'en saisit, et la cacha dans son sein.

« Allez-vous donc traverser cette mer obscure, » dit Immalie, « sans vous mettre dans une de ces grandes coquilles dans lesquelles j'ai vu venir ces êtres rouges dont je vous ai parlé? »

« Nous nous reverrons, » dit l'étranger, « et ce sera dans le monde des souffrances. »

« Je vous remercie, je vous remercie, » répondit Immalie en le voyant se plonger dans les flots.

L'étranger se contenta de répondre : « Nous nous reverrons. » Deux fois avant de partir, il jette un regard sur cette créature si belle et si innocente. Un sentiment d'humanité fait tressaillir son cœur. Mais tout à coup il arrache de son sein la rose fanée, et répond au sourire enchanteur d'Immalie : « Nous nous reverrons. »

~~~~~~

CHAPITRE XXI.

DURANT sept matinées consécutives et
durant autant de soirées, Immalie par-
courut le rivage de son île solitaire sans
revoir l'étranger. Elle se rappelait toujours, pour se consoler, l'assurance
qu'il lui avait donnée qu'elle le reverrait
dans le monde des souffrances, et elle
ne cessait de répéter en elle-même ses
dernières paroles. Dans l'intervalle, elle
s'efforça de former son éducation pour
ce monde où elle allait entrer, et rien
ne pouvait être plus admirable et plus
intéressant que de voir les tentatives

qu'elle faisait pour tirer du règne végé-
tal ou animal quelque analogie qui pût
lui donner une idée de l'incompréhen-
sible destinée des hommes. Tantôt,
elle regardait la fleur, et se disait :
« Cette fleur, si brillante aujourd'hui,
sera fanée demain; mais elle ne ressent
point de douleur ; elle meurt patiem-
ment, et celles qui l'avoisinent n'éprou-
vent point de chagrin en perdant leur
compagne : sans cela leurs couleurs ne
seraient pas si resplendissantes. Mais
peut-il en être ainsi dans le monde qui
pense ? Pourrais-je *le* voir se faner et
mourir, sans me faner et mourir avec
lui ? Oh, non ! Quand *cette* fleur se fa-
nera, je chercherai, comme la rosée, à
la ranimer pas mes pleurs. »

Elle essaya ensuite d'agrandir la sphère de ses idées, en observant le règne animal. Un jeune loxia était tombé mort de son nid suspendu. Immalie, regardant par l'ouverture que ces oiseaux intelligens font à l'extrémité inférieure de leur nid, pour le mettre à l'abri des oiseaux de proie, aperçut les vieux loxia avec des porte-lanternes dans leurs becs, tandis que le jeune gisait mort devant eux. A cette vue, Immalie fondit en larmes.

« Ah! vous ne pouvez pleurer! » s'écria-t-elle, « quel avantage j'ai sur vous! Vous mangez, quoique votre petit, votre enfant soit mort! » (Nous n'avons pas besoin d'observer que, dans sa conversation avec Immalie, l'étranger lui avait donné quelque idée des liens de la parenté.) « Pourrais-je boire encore le lait de la noix de coco, si *lui* n'était plus en état d'en goûter ? Je commence maintenant à comprendre ce qu'il m'a dit... Penser est donc souf-frir !..... Et le monde des pensées doit être aussi le monde des souffrances ! mais que ces larmes sont délicieuses ! autrefois je pleurais de plaisir; ah ! je vois maintenant qu'il y a une peine plus agréable encore que le plaisir, et cette peine, je ne l'avais jamais éprouvée avant de *l'avoir* vu. Oh ! qui pourrait, en renonçant à la pensée, renoncer au plaisir de pleurer ? »

Cependant Immalie ne passa pas uni-quement dans les reflexions l'intervalle

que l'étranger mit entre ses visites. Une
nouvelle inquiétude commença à l'agi-
ter; et, dans les momens que lui lai-
saient ses méditations et ses larmes,
elle recherchait avec avidité les plus
brillans coquillages pour en orner ses
bras et ses cheveux. Elle changea tous
les jours sa robe de fleurs, et au bout
d'une heure elles ne semblaient déjà
plus assez fraîches. Puis elle remplissait une large coquille de l'eau la plus
limpide, et posait les fruits les plus délicieux, qu'elle entremêlait de roses,
sur le banc de pierre de la pagode ruinée. Mais le temps se passait sans que
l'étranger vînt la voir. Le lendemain,
en revoyant le banquet qu'elle avait
préparé la veille, elle pleurait sur les

fruits qui n'avaient plus de fraîcheur; puis elle s'empressait d'essuyer ses yeux et d'en arranger un nouveau.

Telle était son occupation durant la huitième matinée, quand elle vit tout à coup l'étranger devant elle. La joie naïve et innocente avec laquelle elle courut à sa rencontre, excita pour un moment dans son cœur un sentiment de remords dont Immalie s'aperçut au ralentissement de ses pas et à ses yeux détournés. Elle s'arrêta, pleine d'une aimable timidité, comme paraissant lui demander pardon d'une offense involontaire, et sollicitant la permission d'approcher, par l'attitude même qu'elle avait prise pour s'en abstenir. Dans ses yeux brillaient des larmes prêtes à s'échapper s'il avait fait encore un seul mouvement pour la repousser. Cet aspect rendit à l'étranger son courage, et il pensa en lui-même : Il faut qu'elle apprenne à souffrir pour se rendre digne d'être mon élève.

« Vous pleurez, Immalie! » ajouta-t-il en s'approchant d'elle.

« Oh, oui! » répondit-elle en souriant à travers ses larmes, comme une matinée de printemps. « Vous devez m'apprendre à souffrir, et je serai bientôt préparée à entrer dans votre monde; mais j'aime mieux pleurer pour vous, que sourire sur des roses. »

« Immalie, » reprit l'étranger, repoussant les sentimens de tendresse qui l'amollissaient malgré lui, « Immalie, je viens vous montrer quelque chose de ce monde des pensées que vous désirez tant d'habiter, et où vous ne tarderez pas en effet à fixer votre demeure. Montez sur cette colline où vous voyez un bosquet de palmiers. »

« Mais je voudrais le voir tout entier à la fois, » dit Immalie avec l'avidité naturelle d'une intelligence ardente qui croit pouvoir tout embrasser.

« Tout entier à la fois! » répéta l'étranger en souriant. « J'ai quelque idée que la portion que vous en verrez aujourd'hui sera plus que suffisante pour satisfaire votre curiosité, quelle qu'elle soit. »

En disant ces mots, il tira de dessous son justaucorps un tube, et lui dit d'y

appliquer son œil. La jeune Indienne
obéit; mais au bout d'un instant elle
s'écria vivement : « Suis-je là, où sont-
ils ici ? » et elle se laissa aller à terre
dans une extase inexprimable. Elle se
releva au bout d'un moment, et, saisissant le télescope, elle voulut s'en servir
seule ; mais elle porta le grand verre à
son œil. N'apercevant plus rien, elle dit
avec tristesse : « Tout est parti! Ce
monde si beau n'a vécu qu'un instant!
Tout ce que j'aime meurt ainsi. Mes
roses les plus chéries ne vivent pas aussi
long-temps que celles que je néglige.
Vous êtes resté absent pendant sept
jours, et ce monde superbe n'a vécu
qu'un moment ! »

L'étranger dirigea encore le télescope vers le rivage de l'Inde, dont ils n'étaient pas très-éloignés, et Immalie, enchantée, s'écria de nouveau : « Ah! tout revit, et plus beau que jamais! Je vois partout des êtres vivans et pensans, Mais que sont donc ces superbes rochers que j'aperçois, et qui ne ressemblent pas aux rochers de mon île? Leurs côtés sont polis; leurs sommets sont découpés comme des fleurs. Oh! que ce monde doit être beau! Est-ce la pensée qui a fait tout cela? »

« Attendez, Immalie, » dit l'étranger en lui ôtant le télescope des mains; « pour jouir de ce spectacle, il faut que vous le compreniez. »

« Sans doute, » répondit Immalie, chez qui le monde sensible perdait peu à peu ses attraits en comparaison du monde spirituel nouvellement découvert pour elle. « Oh! oui.... laissez-moi penser! »

« Immalie, avez-vous de la religion ?» dit pour lors l'inconnu, tandis qu'une sensation de douleur inexprimable ajoutait à la pâleur de son front.

Immalie, dont l'intelligence était prompte, et qui sympathisait avec toutes les sensations qu'elle voyait, le quitta avec vivacité, et revint un instant après tenant en main une feuille de bananier, avec laquelle elle essuya les gouttes de sueur qui découlaient de son front décoloré; puis s'étant assise à ses pieds, dans l'attitude d'une attention avide et profonde, elle répéta : « *De la reli-*

gion! qu'est-ce que c'est? Est-ce une nouvelle pensée? »

— « C'est la connaissance d'un Etre supérieur à tous les mondes et à leurs habitans., puisque c'est lui qui les a fait tous, et qui sera leur juge; d'un Etre que nous ne pouvons voir; mais dans le pouvoir et la puissance duquel nous devons croire, quoique invisible; d'un Etre qui est partout, sans qu'on le voie nulle part; qui agit toujours, quoiqu'il ne soit jamais en mouvement; qui entend tout, et ne se fait jamais entendre. »

Immalie l'interrompit avec une espèce d'égarement : « Arrêtez! trop de pensées me tueront; laissez-moi reposer un moment. J'ai vu la pluie qui tombait pour rafraîchir le rosier, et qui le couchait par terre. » Après un effort pénible, comme pour rappeler un souvenir éloigné, elle ajouta :

« La voix des songes m'a dit quelque chose de ce genre avant que je fusse né ; mais il y a si long-temps!... Quelquefois j'ai eu en moi des pensées qui ressemblaient à cette voix. Il me semblait que j'aimais trop les choses qui m'entouraient, et que j'aurais dû aimer des choses bien loin de moi : des fleurs qui ne se flétriraient point, et un soleil qui ne se coucherait jamais. Après de telles pensées, j'aurais voulu m'élever comme un oiseau dans l'air ; mais il n'y avait personne pour me montrer le chemin. »

IV. 13

« Il est juste, » reprit l'étranger, « non-seulement d'avoir des pensées sur cet Etre, mais encore de les exprimer par des actes extérieurs. Les habitans de ce monde que vous allez voir, appellent cela *adorer,* et ils ont adopté divers modes d'adoration. » (En disant ces derniers mots, un sourire satanique parut sur ses lèvres.) «Ces modes sont si différens, qu'ils ne s'accordent que sur un seul point, celui de faire de la religion un tourment. »

« Cela n'est pas possible, » s'écria Immalie ; « ils doivent sentir que celui qui est toujours le même ne peut agréer des différences dans la manière de l'adorer. »

— « C'est aussi en cela que consistent leurs erreurs. »

Pendant qu'il parlait, Immalie avait repris le télescope.

« Eh bien! que voyez-vous? » dit l'étranger.

Immalie décrivait ce qu'elle voyait d'une manière très imparfaite, mais qui deviendra plus intelligible pour le lecteur, par les paroles explicatives de l'étranger.

« Vous voyez, » dit-il, « les côtes des Indes, les rivages du monde qui est près de vous. Cet édifice énorme sur lequel votre œil se fixe le premier, est la noire pagode de Juggernaut. A côté de cette pagode, vous voyez une mosquée turque; elle se distingue par

l'emblême d'un croissant qui surmonte
le toit. Non loin de là est un bâtiment
peu élevé, couronné d'un trident : c'est
le temple de Mahadeva, une des an-
ciennes déesses du pays. »

« Mais, que 'm'importent les maisons ! » dit Immalie ; « montrez-moi
les êtres vivans qui s'y rendent. »

« C'est juste, » reprit le tentateur ;
« mais ces maisons indiquent les différentes façons de penser de ceux qui
les fréquentent. Si vous désirez exami-
ner leurs pensées, il faut voir comment
ils les expriment par leurs actions. Dans
le commerce qu'ils ont les uns avec les
autres, les hommes sont souvent de
mauvaise foi ; mais ils sont assez sincères dans leurs adorations, conformé-

ment au caractère qu'ils prêtent à leurs
dieux : si ce caractère est formidable,
ils expriment la crainte ; s'il est cruel,
ils s'infligent des souffrances ; s'il est
triste, l'image du dieu se réfléchit fi-
dèlement sur le visage de ses adorateurs.
Voyez du reste et jugez. »

Immalie regarda, et vit une vaste
plaine sablonneuse, à l'extrémité de
laquelle se dessinait l'obscure pagode
de Jaggernaut. Cette plaine était jonchée de squelettes, tandis que des milliers d'êtres à peine vivans traînaient
leurs corps à demi brûlés sur les sables,
afin de périr à l'ombre du temple dont
ils n'osaient espérer d'atteindre les
murs. Une foule mouraient en chemin;
d'autres secouaient faiblement la main,

pour éloigner les vautours, qui déjà s'apprêtaient à les dévorer.

A côté de cette scène effroyable, se présentait un spectacle magnifique. La statue de Juggernaut s'avançait sur un énorme char de triomphe, que traînaient une foule innombrable de prêtres, de victimes, de bramines et de faquirs. A mesure que la procession marchait, des malheureux se jetaient devant les roues du char, qui les écrasait en passant. D'autres, qui ne se croyaient pas dignes de périr d'une mort aussi illustre, se faisaient de larges blessures, et se contentaient de laisser couler leur sang sur la route du Dieu. Tel est le mélange de rites qui caractérise partout le paganisme. Moitié

brillant, moitié horrible; invoquant la
nature en même temps qu'il l'outrage;
mêlant les fleurs avec le sang, et je-
tant devant le char de l'idole, tantôt un enfant en pleurs, et tantôt une
guirlande.

Le temple de Mahadeva ne lui offrit
pas un spectacle moins horrible; nous
épargnons au lecteur la description des
mères sacrifiant leurs enfans, et des
enfans exposant leurs parens décrépits
aux tigres et aux crocodiles. Il suffira
de dire, qu'après l'avoir contemplé
pendant quelque temps, Immalie cou-
vrant ses yeux de ses deux mains, resta
muette de douleur et d'horreur.

« Tournez-vous par ici, » dit l'é-
tranger; « les cérémonies de toutes les

religions ne sont pas également sanglantes. »

Immalie leva les yeux, et elle vit
une mosquée turque, dans toute la
splendeur qui accompagna la première
introduction de la religion mahomé-
tane parmi les Hindous. Elle élevait ses
dômes recouverts d'or, ses minarets
artistement sculptés, et ses flèches cou-
ronnées de croissans ; elle était enrichie
de tous les ornemens que l'imagination
orientale prodigue à son architecture,
à la fois légère et brillante, pompeuse
et aérienne.

Un groupe de Turcs s'avançait gra-
vement vers la mosquée. Leurs traits
nobles et expressifs, leurs costumes
majestueux et leurs tailles élevées, for-

maient un contraste remarquable avec
les pauvres Hindous, à moitié nus,
qui, assis par terre, achevaient un
léger repas de riz cuit à l'eau. Immalie
regardait les Turcs avec respect et plaisir, et commençait à penser qu'il pouvait y avoir quelque chose de bon dans
la religion professée par des êtres d'un
aspect aussi noble. Tout à coup elle les
vit, avant d'entrer dans la mosquée,
repousser avec mépris les Indiens,
tranquilles et effrayés, et leur cracher à
la figure. Ils les frappaient du plat de
leurs sabres, et les traitaient de chiens
d'idolâtres; ils les maudissaient au nom
de Dieu et du prophète.

Quoique Immalie ne pût pas entendre les mots qui accompagnaient cette

IV.   14

action, elle n'en fut pas moins révoltée, et elle en demanda le motif.

« Leur religion, » dit l'étranger, « leur ordonne de haïr tous ceux qui n'adorent pas Dieu comme eux. »

« Hélas ! » observa Immalie, « cette haine que leur religion enseigne n'est-elle pas la preuve que cette religion n'est pas la véritable ? Mais pourquoi, » ajouta-t-elle avec étonnement, « ne vois-je pas parmi eux quelques-unes de ces créatures plus aimables, dont les habits diffèrent des leurs, et que vous appelez des femmes ? N'adorent-elles pas aussi Dieu, ou bien ont-elles une religion plus douce qui leur est propre ? »

« *Cette* religion, » répondit l'étranger, « n'est pas favorable à ces créatures, dont vous êtes, sans contredit, la plus aimable. Elle enseigne que l'homme aura d'autres compagnes dans le monde des âmes, et elle ne dit pas bien clairement si jamais les femmes y arriveront. Aussi vous devez voir quelques-unes de ces créatures délaissées, errantes parmi les pierres qui marquent le lieu où reposent les morts; elles répètent des prières pour les âmes qu'elles n'osent espérer de revoir. D'autres, âgées et dans l'indigence, assises aux portes de la mosquée, lisent à haute voix des passages d'un livre qu'ils appellent le Koran, non dans la vue d'exciter la dévotion, mais dans l'espoir d'obtenir une faible charité. »

A ces mots désolans, Immalie qui

avait en vain cherché dans ces divers systêmes cette espérance et ces conso-lations, dont son esprit si pur et son imagination si vive lui démontraient également la nécessité, éprouva une invincible répugnance pour toute re-ligion ; car on les lui peignait sous des couleurs qui ne lui offraient qu'un hi-deux tableau de sang et de cruauté, renversant tous les principes de la nature, et rompant tous les liens du cœur.

Elle se jeta par terre, et s'écria : « Il n'y a point de Dieu, s'il n'y en a point d'autre que le leur ; » puis s'étant levée pour jeter un dernier regard sur ce qu'elle venait de voir, dans l'espoir que ce ne serait qu'une illusion, elle

découvrit un petit édifice obscur, om-
bragé de palmiers et surmonté d'une
croix. Frappée de la simplicité de son
apparence, ainsi que du petit nombre
et de la conduite paisible de ceux qui
s'en approchaient, elle s'écria que c'é-
tait sans doute là une nouvelle religion;
et elle en demanda le nom et les rites.
L'étranger qui avait fait ce qu'il avait
pu pour empêcher qu'elle n'aperçût ce
temple modeste, montra beaucoup d'inquiétude à la découverte qu'elle venait
de faire, et plus encore de répugnance
à répondre aux questions que cette découverte lui suggérait; mais elle insis-
ta si vivement, et mit une si aimable
importunité à les réitérer; elle passa
si naïvement d'une douleur profonde

et grave à une curiosité à la fois enfantine et intelligente, qu'il était impossible de lui résister.

Il se peut faire encore qu'une autre cause ait agi sur ce prophète de malheur, et l'ait forcé de prononcer une bénédiction, quand il aurait voulu maudire ; mais c'est un mystère qu'il ne nous est pas permis d'approfondir, et qui ne sera bien connu qu'au grand jour où tous les secrets seront dévoilés. Quoi qu'il en soit, il se sentit forcé de lui dire que cette religion dont elle voyait les rites et les serviteurs, était celle du Christ.

« Mais quels sont ces rites ? » demanda Immalie. « Font-ils ausssi mourir leurs enfans ou leurs parens pour prouver qu'ils aiment leur Dieu? Les suspendent-ils dans des corbeilles pour périr, ou les exposent-ils sur les bords des rivières pour être dévorés par des animaux féroces et hideux?

« La religion qu'ils professent, leur défend cela, » dit l'étranger, en prononçant à regret des paroles de vérité. « Elle leur ordonne, au contraire, d'honorer leurs parens, de soigner leur progéniture. »

— « Et pourquoi ne repoussent-ils pas de devant leur temple ceux qui ne pensent pas comme eux? »

— « Parce que leur religion leur dit d'être charitables, bienveillans et tolérans. Ils doivent chercher à instruire ceux qui n'ont point encore atteint la pureté de sa lumière; mais ils ne doivent ni les rejeter, ni les dédaigner.

— « Ils n'immolent donc pas à leur Dieu des victimes humaines? »

— « Non : car ils savent que Dieu ne peut être bien servi que par des cœurs purs, et des mains exemptes de crimes. Ils savent que la dévotion seule est préférable aux cérémonies les plus imposantes et les plus terribles, et que les temples les plus orgueilleux, élevés en l'honneur de sa divinité, seront réduits en poussière, tandis qu'un cœur simple et humilié brûlera éternellement sur son autel; holocauste agréable, et dont les feux ne s'éteindront jamais. »

Pendant qu'il parlait, contraint peut-

être par un pouvoir supérieur, Immalie inclinait, en rougissant, son visage
contre terre, et puis le relevant avec le
regard d'un ange nouveau né, elle s'é-
cria : « Le Christ sera mon Dieu! Je
veux être chrétienne! » Elle s'inclina
de nouveau avec cette profonde humilité qui indique à la fois la soumission
du corps et de l'âme, et elle resta assez
long-temps dans cette position. Quand
elle se releva, elle chercha l'étranger..
Il n'y était plus.

CHAPITRE XXII.

L'ÉTRANGER interrompit pendant quelque temps ses visites ; et quand il revint, elles semblaient n'avoir plus le même but. Il n'essayait plus de corrompre les principes d'Immalie, de fausser son jugement, ou de l'induire en erreur au sujet de la religion. Il gardait même un profond silence sur ce dernier sujet, et paraissait regretter de l'avoir jamais touché. Toute l'avidité qu'elle témoignait pour s'instruire, toute la confiante importunité de ses manières ne purent obtenir de lui un mot de plus sur ce sujet. Il l'en

dédommagea néanmoins amplement,
en déployant devant elle l'instruction
riche et variée d'un esprit qui paraissait avoir recueilli plus de connaissances,
que l'expérience humaine n'aurait pu
en réunir dans le cours d'une longue vie.
Cette circonstance n'étonna pourtant
pas Immalie ; elle ne faisait aucune attention au temps, et l'anecdote d'hier
ou les annales des siècles passés étaient
contemporaines pour son esprit auquel
les faits, les dates, les coutumes diverses et la suite des événemens étaient
également étrangers.

Ils s'asseyaient souvent le soir sur le
rivage, où Immalie avait soin de pré-
parer un siége de mousse pour son ami,
et ils contemplaient ensemble en silence

la vaste étendue des mers : car l'intelligence d'Immalie nouvellement réveillée sentait ce besoin d'expressions qu'un
sentiment profond imprime à l'esprit le
plus cultivé, et qui dans elle était aug-
menté à la fois par sa pureté et par son
ignorance. Quant à l'étranger, il avait
peut-être des raisons plus fortes encore
pour garder le silence. Ce silence était
cependant souvent interrompu ; pas un
vaisseau ne se montrait dans l'éloigne-
ment qui ne devînt l'occasion d'une
question dans la bouche d'Immalie et
d'une réponse courte et évasive de la
part de l'étranger. Ses connaissances
étaient cependant immenses, et depuis
le simple canot indien, jusqu'aux vaisseaux énormes et mal dirigés des Rajahs,

ou bien aux rapides navires des Européens, qui venaient, comme les dieux
de l'Océan, apporter la fertilité, la science, les découvertes des arts et les bien-
faits de la civilisation, partout où ils jetaient l'ancre, il aurait pu tout lui décrire; il aurait pu lui indiquer la desti-
nation de chacun de ces vaisseaux; les
sentimens, les mœurs et les usages na-
tionaux de leurs divers équipages; enfin
lui donner une instruction que des
livres ne lui auraient jamais procurée:
car la conversation est, sans contredit,
le moyen le plus sûr de bien enseigner.

Il est possible que cet être extraordinaire, à l'égard duquel les lois de la
mortalité et les sentimens de la nature étaient également suspendus, éprou-

vât dans la société d'Immalie une espèce de repos triste et vague, qui lui
faisait oublier la destinée qui le poursuivait d'une manière inévitable. Nous
ne savons et nous ne saurons jamais
quels furent les sentimens que lui ins-
pira sa beauté innocente et sans soutien;
mais il est du moins certain qu'il cessa
de la regarder comme sa victime, et
que, pendant les momens qu'il passait
auprès d'elle, écoutant ses questions et
y faisant des réponses, il semblait jouir
des seuls intervalles de bonheur qui
fussent accordés à son existence sombre
et douloureuse. En s'éloignant d'elle, il
rentrait dans le monde pour tenter les
malheureux.

Loin d'elle, son but était tel qu'on

l'a décrit, mais en sa présence, ce but paraissait suspendu. Il la regardait souvent avec des yeux dont l'éclat sauvage et féroce se noyait dans des larmes qu'il s'empressait d'essuyer pour la regarder de nouveau. Tandis qu'il reposait à côté d'elle sur les fleurs qu'elle avait cueillies pour lui, tandis qu'il contemplait ses lèvres de roses qui n'attendaient qu'un signal de lui pour parler, comme des boutons qui n'osent s'ouvrir avant que le soleil brille sur eux, tandis qu'il écoutait des accens impossibles à définir, il penchait la tête, essuyait de son front quelques gouttes d'une sueur glacée, et oubliait pour un moment la marque ineffaçable que, nouveau Caïn, il portait partout avec lui.

Mais bientôt la tristesse profonde et habituelle de son âme s'emparait encore de lui. Il sentait la dent du reptile qui ne cessait de le ronger, et la chaleur de cette flamme qui ne s'éteignait jamais. Il tournait l'éclat fatal de ses grands yeux gris, sur le seul être que leur expression n'eût jamais fait frémir, parce que son innocence la rendait inaccessible à la crainte. Il la regardait attentivement pendant que la rage, le désespoir et la pitié déchiraient tour-à-tour son cœur. Une larme d'humanité mouillait son œil; mais soudain il détournait ses regards et les portait sur le vaste Océan, comme s'il avait voulu embrasser le monde entier et trouver dans l'aspect de la vie humaine un aliment au feu qui consu-

mait ses entrailles. Cet Océan si pur et
si calme qui s'étendait devant eux, n'a-
vait jamais réfléchi deux physionomies
plus différentes, ou inspiré à deux cœurs
des sentimens plus opposés. Immalié y
puisait cette douce et délicieuse rêverie
que la nature inspire à des cœurs inno-
cens. Eux seuls peuvent jouir véritablement de la terre, de l'Océan et du ciel.

A l'étranger cette vue causait des
idées bien différentes. Il la contemplait
comme un tigre regarde une forêt remplie d'une proie abondante. Son imagination lui offrait à la fois des nau-
frages sans nombre, et le vaisseau, qui,
poursuivant sa route par le vent le plus
favorable et le ciel le plus pur, touchait
soudain un rocher à fleur d'eau, et som-

IV.   15

brait dans une mer calme, contraste
délicieux pour son âme féroce. Parfois
il se contentait de regarder les navires à
mesure qu'ils passaient devant ses yeux,
et de se dire que chacun d'eux renfer-
mait une ample cargaison de malheurs
et de crimes. Il réfléchissait surtout aux
vaisseaux européens qui s'approchaient,
tout remplis des passions et des vices
d'un autre monde, pour trafiquer d'or,
d'argent et des âmes des hommes, pour
arracher à ces climats tous leurs riches
produits, en refusant aux habitans le riz
dont ils ont besoin pour soutenir leur
chétive existence; enfin, pour rapporter
avec eux, en Europe, des constitutions
minées, des passions enflammées, des

cœurs ulcérés et des consciences qui ne peuvent plus dormir dans l'obscurité.

Tels étaient les objets qu'il cherchait à distinguer ou à deviner ; et un soir, après qu'Immalie lui eut fait des questions réitérées sur les vaisseaux qu'elle apercevait au loin sur les eaux, il lui fit la description du monde à sa manière, c'est-à-dire dans un esprit de sarcasme, de malignité et d'impatience que lui inspirait la vue de son innocente curiosité. Dans l'ébauche qu'il lui fit de la société, il y avait un mélange d'atroce amertume, d'ironie et d'affreuse vérité, tel qu'Immalie l'interrompit souvent par des cris d'étonnement, de douleur et d'effroi.

Quand il eut cessé de parler, Imma-

lie garda pendant quelque temps le silence, méditant, avec tristesse et mélan-
colie, sur ce qu'elle venait d'entendre.
L'amère ironie de son langage n'avait
fait aucune impression sur elle, car elle
n'en avait pu saisir le sens détourné;
elle avait seulement compris qu'il avait
été beaucoup question de malheurs et
de souffrances, mots inconnus pour elle
avant qu'elle l'eût vu, et, par un regard,
elle parut à la fois lui rendre grâce et
lui faire des reproches de l'avoir initiée
aux pénibles mystères d'une nouvelle
existence. Elle venait de goûter de l'arbre de science, ses yeux étaient ouverts;
mais elle en avait trouvé le fruit amer,
et ses regards témoignaient une douce
et triste reconnaissance, bien faite pour

déchirer le cœur qui venait de donner
la première leçon de douleur à celui
d'un être si beau, si doux, si plein d'innocence. L'étranger remarqua cette expression, et jouit de son triomphe.

En lui faisant ainsi un tableau exa-
géré des vices de la société, peut-être
avait-il voulu la détourner du désir de
la contempler de plus près; peut-être
entretenait-il une espérance vague de la
garder dans cette solitude, où il pourrait parfois la voir, et respirer, dans
l'atmosphère de pureté qui régnait autour d'elle, le seul zéphir qui rafraîchît
le désert brûlant au sein duquel s'écou-
lait son existence. Cette espérance ac-
quit un nouveau degré de force, quand
il vit l'impression que son discours avait

faite sur elle. L'ardente intelligence, l'a-
vide curiosité, la vive reconnaissance
qui s'y peignaient, en avaient toutes disparu, pour ne plus offrir qu'un regard
baissé et des yeux pensifs et pleins de
larmes.

« Ma conversation vous a-t-elle en-
nuyée, Immalie ? » demanda-t-il.

« Elle m'a affligée, » répondit l'Indienne, « et cependant je voudrais
vous écouter encore. J'aime à entendre
le murmure du ruisseau, quoique je sa-
che que le crocodile se cache souvent
sous ses eaux. »

— « Vous désireriez peut-être de
rencontrer des habitans de ce monde
si plein de crimes et de malheurs ? »

— « Je le désire en effet, car c'est de

ce monde que vous êtes venu, et quand vous y retournerez, chacun sera heureux, excepté moi. »

— « Est-il donc en mon pouvoir de contribuer au bonheur des hommes ? Est-ce pour cela que j'erre au milieu d'eux ? » Une expression horrible et indéfinissable de dérision, de malveillance et de désespoir se peignit sur ses traits quand il ajouta : « Vous me faites trop d'honneur en m'attribuant une occupation si agréable et surtout si conforme à mes goûts. »

Immalie, qui avait détourné les yeux, ne remarqua pas cette expression, et elle répondit : « Je ne sais comment il se fait; mais vous m'avez appris à tirer de la joie du sein même de la douleur.

Avant de vous avoir vu, je ne faisais que sourire ; maintenant je pleure, et ces larmes sont délicieuses. Oh ! elles sont bien différentes de celles que je versais pour le soleil couchant ou pour la rose qui se fanait ; et cependant, je ne sais.... »

Ici la pauvre Indienne, oppressée par des émotions qu'elle ne pouvait ni comprendre ni expliquer, posa ses deux mains jointes sur sa poitrine comme pour cacher le secret de ses nouvelles palpitations, et avec un instinct de pureté dont elle ne se rendait pas compte, elle s'éloigna de quelques pas, et baissa vers la terre des yeux dont des larmes s'échappaient malgré elle. L'étranger parut troublé, une émotion, à laquelle

il n'était pas accoutumé, l'agita pour un
moment ; puis il sourit dédaigneuse-
ment, comme s'il s'était reproché de
s'être livré même pour un moment à un
sentiment humain. Un instant d'après,
sa physionomie s'adoucit de nouveau
en contemplant les regards baissés et
détournés d'Immalie. Il paraissait capable de sentir la douleur, et cependant toujours prêt à se faire un jeu de
celle des autres. Ce contraste du désespoir qui se cache sous le masque de la
frivolité se rencontre assez souvent. Le
sourire est l'enfant du bonheur, mais
une gaîté factice règne souvent sur le
front de l'être profondément malheureux. Telle fut l'expression de l'étranger
quand se tournant vers Immalie, il lui

IV. 16

dit : « Mais que signifie ce discours ? »

Une longue pause suivit cette question : enfin l'Indienne répondit : « Je
ne sais, » avec cet art délicieux de la nature qui apprend aux femmes à peindre
leurs sentimens par des mots qui semblent dire tout le contraire de ce qu'ils
expriment. Je ne sais pas signifie, je ne
sais que trop bien.

L'étranger la comprit et jouissant d'a-
vance de son triomphe, il ajouta : « Et
pourquoi vos larmes coulent-elles,
Immalie ? »

« Je n'en sais rien », dit la pauvre
Indienne, et ses larmes n'en coulèrent
que plus fort.

A ces mots, ou plutôt à ces pleurs,
l'étranger s'oublia pour un moment. Il

sentait ce douloureux triomphe dont le vainqueur ne peut jouir ; ce triomphe qui annonce une victoire remportée sur la faiblesse des autres, aux dépens d'une faiblesse plus grande encore de notre cœur. Un sentiment d'humanité remplit, en dépit de lui-même, son âme, et il dit avec des accens d'une douceur involontaire : «Que voudriez-vous donc que je fisse, Immalie ? »

La difficulté qu'elle éprouvait à parler un langage qui fût à la fois intelligible et réservé, qui pût faire connaître ses désirs, sans trahir son cœur et la nature inconnue de ses nouvelles émotions, firent qu'Immalie balança long-temps avant de pouvoir répondre.

« Restez avec moi », dit-elle à la fin, ne

« retournez pas dans ce monde de maux
et de chagrins. Ici les fleurs seront toujours fraîches, et le soleil aura toujours
le même éclat que le jour où je vous vis
pour la première fois. Pourquoi voulez-vous retourner dans le monde pour
penser et être malheureux ? »

Le rire sauvage et discordant que son
interlocuteur lâcha à ces paroles, la fit
frémir et la rendit muette.

« Pauvre enfant ! » s'écria-t-il avec ce
mélange d'amertume et de compassion
qui effraye et qui humilie à la fois :
« Est-ce là la destinée que je dois accomplir ? Est-ce à moi à prêter l'oreille au
gazouillement des oiseaux, à guetter le
bouton qui s'épanouit ? Est-ce là mon
sort ? » Il poussa encore un éclat de rire

barbare et rejeta loin de lui la main qu'Immalie lui avait tendue en cessant de parler. « Oui, sans doute! Je suis bien fait pour un pareil sort et pour une pareille compagne! Dites-moi », ajouta-t-il avec une férocité toujours croissante. « Dites-moi, si ce sont mes traits, ma voix ou mes discours qui vous ont inspiré l'idée de m'insulter en m'offrant dans l'avenir l'espérance du bonheur? »

Immalie, sans comprendre le fond de ce qu'il disait, eut assez de fierté virginale et de pénétration féminine pour comprendre que l'étranger la repoussait. Un sentiment de douleur et d'indignation lutta contre la tendresse de son cœur dévoué. Elle garda le silence, un moment, puis, retenant ses larmes, elle dit du ton le plus ferme : « Allez donc vers votre monde, puisque vous voulez être malheureux. Partez. Hélas ! il n'est pas nécessaire d'aller là pour être malheureux, car je le suis ici. Allez ; mais prenez avec vous ces rosés, car elles se flétriront quand vous serez parti ; prenez avec vous ces coquillages, car je n'aurai plus de plaisir à les porter quand vous ne les verrez plus. »

Pendant qu'elle parlait, elle détachait avec une action simple mais énergique, les fleurs et les coquillages dont ses cheveux et son sein étaient ornés, et elle les jetait à ses pieds ; puis, le regardant avec une douleur fière et mélancolique, elle s'éloignait, quand il s'écria : « Res-

tez, Immalie, restez, et écoutez-moi
pour un moment. » Peut-être dans ce
moment aurait-il dévoilé le secret profond et inconcevable qui enveloppait sa
destinée; mais Immalie secoua triste-
ment la tête dans un silence que sa
profonde douleur rendait éloquent, et
se retira.

CHAPITRE XXIII.

PLUSIEURS jours s'écoulèrent avant
que l'étranger revînt visiter l'île. Il serait impossible à l'homme de découvrir
quelles furent, dans cet intervalle, ou
ses occupations, ou ses sensations.
Peut-être que parfois il triomphait dans
les maux qu'il avait infligés, et que parfois aussi il y compâtissait. Poussé enfin ou par la malignité, ou par la tendresse, ou par la curiosité, ou par
l'ennui d'une vie artificielle, avec laquelle la pure existence d'Immalie for-

mait un contraste si parfait, il retourna
dans l'Ile Enchantée, nom qu'elle avait
reçu des Indiens du voisinage ; mais il
lui fallut traverser bien des sentiers que
nul pied humain n'avait encore foulés,
bien des ruisseaux où nul pied n'avait
trempé, avant qu'il pût découvrir le
lieu où Immalie s'était cachée.

Elle n'avait cependant pas eu l'intention de se dérober à ses regards. Quand
il la trouva, elle était appuyée contre
un rocher. A ses pieds, l'Océan faisait
retentir son murmure éternel. Elle avait
choisi le site le plus sauvage qu'elle
avait pu trouver. Il n'y avait près d'elle
ni fleurs, ni buissons. Les seuls objets
qui l'entouraient étaient les masses de
rocs calcinés par l'action des volcans et

les flots dans lesquels son pied se baignait, en paraissant à la fois inviter et
mépriser le danger dont ils le mena-
çaient. La première fois que l'étranger
l'avait vue, elle était environnée de fleurs
et de parfums. Tout ce que la nature
végétale et animale offre de plus brillant ; des roses et des paons semblaient
lutter entre eux à qui répandrait sur elle
un éclat plus vif et un baume plus délicieux. Aujourd'hui, elle paraissait
abandonnée par la nature dont elle était
l'enfant chéri. Elle reposait sur le rocher, et semblait avoir l'Océan pour
lit. Elle n'avait ni coquillages dans son
sein, ni roses dans ses cheveux ; son
caractère paraissait changé avec ses
sentimens. Elle n'aimait plus ce qu'il y

avait de plus beau dans la nature. On
eût dit que, prévoyant sa destinée, elle
voulait d'avance se familiariser avec ce
qu'elle avait de plus triste et de plus lu-
gubre. Elle commençait à aimer les rochers et l'Océan, le murmure des flots
et la stérilité des sables, objets mélan-
coliques dont la seule vue nous rappelle la douleur et l'éternité.

Ceux qui aiment peuvent chercher les
délices des jardins, et s'enivrer des parfums qui semblent être les offrandes de
la nature sur l'autel qui brûle déjà dans
leur cœur; mais que ceux qui ont aimé
s'égarent sur les rivages de l'Océan : ils y
entendront aussi une voix qui leur
répondra.

Immalie, dans la solitude, avait un

air morne et troublé qui semblait à la
fois exprimer le conflit de ses émotions
intérieures, et réfléchir la tristesse et
l'agitation des objets physiques qui l'entouraient : car la nature préparait une
de ces horribles convulsions, une de
ces agonies intempestives qui servent à
annoncer, pour l'avenir, une colère plus
complète, et qui, par la destruction
de la nature animée sur un espace limité,
proclame dans les roulemens de son
tonnerre, qu'un jour viendra où le
monde entier sera détruit de même, et
où s'accomplira la promesse terrible
que cette dévastation partielle s'est bor-
née à prédire.

La soirée était sombre ; d'épais nuages obscurcissaient l'horizon, du levant

au couchant. Un azur pâle brillait au
haut des cieux, et ressemblait à l'éclat
des yeux d'un mourant. Pas un souf-
fle ne ridait la surface de la mer ;
les feuilles se penchaient sans qu'un
zéphyr vînt les soulever ; les oiseaux
s'étaient retirés, guidés par cet instinct
qui leur apprend à éviter le terrible
combat des élémens. L'aile abattue et
la tête penchée, ils se cachaient dans
les branches de leurs arbres favoris. La
nature, dans ses grandes et terribles
opérations, ressemble à un juge qui
garde un silence profond, quelques
momens avant de prononcer la terrible
sentence qui va sortir de sa bouche
implacable.

Immalie considérait le spectacle effrayant qui l'environnait sans aucune émotion née de causes physiques. Jusqu'alors le jour et les ténèbres avaient été la même chose pour elle. Elle aimait le soleil à cause de sa lumière durable, et la foudre pour son éclat passager. L'Océan lui plaisait par son retentissement sonore, et la tempête par l'agitation qu'elle causait aux feuilles des arbres; enfin, elle aimait le repos de la nuit et la douce lumière des étoiles.

Telle, du moins, elle avait été jadis. Cette fois, son œil se fixait sur le jour qui baissait pour faire place à l'obscurité, à cette obscurité contre nature qui semblait dire aux plus beaux ouvrages de la Divinité : Retirez - vous; vous ne brillerez plus.

Les ombres s'épaississaient, et les
nuages, semblables à une armée qui a
réuni toutes ses forces, se préparaient
à combattre les rayons épars de lumière qui brillaient encore dans le ciel.
Une seule bande large et d'un rouge
obscur bordait l'horizon. Le murmure
des eaux augmentait, et le tronc du
manglier frémissait, tandis que ses
branches enracinées semblaient vouloir
abandonner la terre à laquelle elles s'é-
taient unies. En un mot, la nature, par
toutes les voix que pouvaient lui prêter
la terre, les airs et les eaux, annonçait
à ses enfans un danger imminent.

Ce fut là le moment que l'étranger
choisit pour s'approcher d'Immalie. Il
était insensible au danger, et ne con-

naissait point la crainte. Sa misérable
destinée l'avait mis à l'abri de l'un et de
l'autre : mais que lui avait-elle laissé ?
Une seule espérance, celle de plonger
les autres hommes dans sa propre condamnation. Une seule crainte, celle de
voir sa victime lui échapper. Cependant,
malgré sa cruauté diabolique, il ne pût
s'empêcher de sentir un mouvement de
componction en apercevant la jeune Indienne. Ses joues étaient pâles, mais son
œil était fixe, et sa figure détournée,
comme si elle avait préféré la tempête
à ses regards, semblait dire : Puissé-
je tomber dans les mains de Dieu plutôt
que dans celles des hommes !

Cette attitude qu'Immalie avait prise
sans aucune intention, et qui n'exprimait

nullement ses véritables sentimens, rendit au cœur de l'étranger toute sa malignité naturelle. Ses projets cruels et ses désirs habituellement sombres et diaboliques reprirent tout leur empire. En voyant le contraste de l'innocence sans secours au milieu des convulsions de la nature, il éprouva le même sentiment de plaisir qu'il ressentait quand, au moyen de la puissance surnaturelle qui lui avait été départie, il pénétrait dans les cabanes des fous ou dans les cachots de l'Inquisition. Il semblait se dire que la foudre qu'il était prêt à diriger contre le cœur de cet être si pur, était plus sûre que celle des nuages qui brillaient autour d'elle.

Armé de toute sa perversité et de

IV.   17

toute sa puissance, il s'approcha d'Immalie, qui n'était défendue que par sa
pureté. Il y avait, entre sa personne et
sa position, un contraste qui aurait touché tout autre que *l'Homme errant*. L'é-
clat de sa figure brillait au milieu de l'obscurité qui l'environnait ; et sa douceur
était rendue plus remarquable encore
par la sévérité du rocher contre lequel
elle s'appuyait.

L'étranger s'approcha sans être aperçu. Le murmure des flots et des vents
couvrait le bruit de ses pas : mais, en
s'avançant, il entendit des sons qui l'é-
tonnèrent. Il s'arrêta pour les écouter.
C'était la pauvre Indienne, qui, sans
connaître et sans craindre son danger,
chantait aux échos de la tempête une

espèce d'hymne sauvage de désespoir et d'amour. En voici quelques strophes :

« La nuit devient plus obscure ; mais cette obscurité qu'est - elle auprès de celle que son absence a répandue sur mon âme ? Les éclairs brillent autour de moi ; mais que sont-ils auprès de l'éclat de son œil quand il m'a quittée en courroux ?

« Je n'ai vécu que dans la lumière de sa présence ; pourquoi ne mourrai-je pas quand cette lumière m'est ôtée ? Courroux des nuages, qu'ai-je à craindre de vous ? Vous pouvez me réduire en poussière, comme je vous l'ai vu faire aux branches des arbres ; mais le tronc restait, et mon cœur sera toujours à lui.

« Mugissez, terrible mer ; vos flots, que je ne puis compter, n'effaceront point son image de mon cœur. Mon cœur restera ferme comme le rocher, même au sein des calamités de ce monde dont il me menace, de ce monde dont, sans lui, je n'aurais jamais connu des dangers, et que je suis prête à braver pour lui.

« Quand nous nous rencontrâmes pour la première fois, mon sein était couvert de roses ; aujourd'hui, je les rejette loin de moi. Quand il me vit la première fois, tous les êtres vivans m'aimaient ; maintenant leur amour m'est indifférent, je ne sais plus les aimer. Quand il venait tous les soirs me voir, je désirais que la lune brillât ;

maintenant je la vois sans regret se cacher dans les nuages. Avant qu'il fût
venu tout m'aimait, et j'aimais toute la
nature; maintenant je sens que je ne
puis aimer qu'un objet et cet objet m'a
abandonnée. Depuis que je l'ai vu tout
a changé de face. Les fleurs n'ont plus
leurs brillantes couleurs; le murmure
des eaux est moins doux; les étoiles ne
me sourient plus du haut des cieux, et
moi même je commence à préférer la
tempête au calme. »

En terminant son chant sauvage,
elle voulut quitter le lieu où la fureur
toujours croissante de la tempête ne lui
permettait plus de rester, quand, en se
retournant, elle vit les yeux de l'étran-

ger fixés sur elle. A cet aspect, elle rougit, et ne fit point entendre le cri de joie avec lequel elle avait l'habitude de le recevoir ; mais elle le suivit, d'un pied chancelant et en détournant la tête, jusqu'aux ruines de la pagode, où il lui faisait signe de venir chercher un asile contre le courroux des élémens.

Ils s'en approchèrent en silence ; et il était étrange de voir, au milieu des convulsions de la nature, deux êtres marcher ensemble sans prononcer un mot de crainte, sans éprouver un sentiment d'inquiétude. L'un était armé par son désespoir ; l'autre par son innocence. Immalie aurait préféré l'abri de son bananier favori ; mais l'étranger essaya de lui faire comprendre qu'elle y courrait plus de danger que dans le lieu qu'il lui indiquait.

« Du danger ! » s'écria l'Indienne avec un sourire vague, mais enchanteur ; « en puis-je courir quand vous êtes auprès de moi ? »

— « N'y a-t-il donc point de danger en ma présence ? Bien peu de personnes m'ont vu sans en craindre et même sans en éprouver. »

Pendant qu'il parlait ainsi, son front se couvrait de nuages plus sombres que ceux qui obscurcissaient le ciel.

« Immalie, » ajouta-t-il d'une voix que rendait plus pénétrante l'émotion inusitée qui remplissait son cœur ; « Immalie, vous ne pourriez être assez faible pour me croire en état de commander

aux élémens ? Si je l'étais ; j'en atteste
ce ciel qui me contemple avec colère, le
premier acte de mon pouvoir serait de
choisir sa foudre la plus prompte et la
plus meurtrière pour vous clouer à la
place où je vous vois. »

« Moi ! » répéta l'Indienne tremblante, et pâlissant plutôt de ses paroles
et du ton dont il les prononçait que de
la fureur redoublée de la tempête.

— « Oui, oui, vous ; malgré toute
votre amabilité, votre innocence, votre
pureté! Et ce serait pour empêcher qu'un
feu bien plus ardent ne consume votre
existence et ne tarisse la source de votre
sang ; pour que vous ne soyez plus ex-
posée à un danger mille fois plus funeste que celui dont les élémens vous

menacent, le danger de ma maudite et
misérable présence! »

Immalie ne sachant ce qu'il voulait
dire, mais compâtissant à l'agitation
qu'il paraissait éprouver, s'approcha de
lui pour calmer, s'il était possible, une
émotion dont elle ne pouvait deviner ni
le nom ni la cause. Pâle, échevelée, les
mains jointes, on eût dit qu'elle demandait pardon d'un crime qu'elle ignorait.
Tout autour d'elle était sauvage et terrible. La terre était jonchée de fragmens
de pierres et de décombres, tandis que
la voûte entr'ouverte donnait passage
par momens à des éclats d'une lumière
terrible plus effrayante que les ténèbres.
Au sein de cette désolation, elle semblait un ange descendu du ciel avec un

IV.   18

message de réconciliation qu'elle appor-
tait en vain.

L'étranger lui lança un de ces regards
qu'aucun œil mortel, autre que le sien,
n'avait encore pu contempler sans effroi;
mais son expression ne fit qu'inspirer à
la victime un dévouement plus complet.
Peut-être un sentiment de terreur involontaire se mêlait-il à cette expression,
lorsque cette belle créature se jeta aux
pieds de son ennemi désespéré, et le
supplia par son silence, plus éloquent
que des paroles, d'avoir pitié de lui-
même. Toutes ses sensations semblaient
concentrées sur l'objet mal choisi de
leur idolâtrie. Tout en elle indiquait
cette soumission que le cœur d'une
femme éprouve pour les fautes, les pas-

sions, les crimes même de l'objet qu'elle aime. Immalie s'était d'abord inclinée devant celui qu'elle aimait dans l'espoir de le fléchir; elle s'était ensuite mise à genoux en restant loin de lui. Elle finit par saisir sa main; et la pressa de ses lèvres décolorées. Elle voulut prononcer quelques paroles, mais ses larmes, qui baignaient la main qu'elle tenait, l'en empêchèrent, tout en s'expliquant pour elle. Cette main lui fit, dans le premier moment, une réponse en serrant la sienne avec un mouvement convulsif; mais l'étranger ne tarda pas à la rejeter loin d'elle. Elle restait effrayée et prosternée devant lui.

« Immalie, » dit l'étranger avec effort, « désirez-vous que je vous ex-

plique les sentimens que ma présence
devrait vous inspirer ? »

« Non, non, non, » dit l'Indienne
en appliquant ses mains blanches et dé-
licates, d'abord à ses oreilles et puis à
sa poitrine, « je ne les sens que trop. »

« Haïssez-moi, maudissez-moi, »
dit l'étranger, sans faire attention à ce
qu'elle venait de dire, et frappant du
pied avec violence : « haïssez-moi, car
je vous hais. Je hais tout ce qui existe,
tout ce qui n'est plus ; je suis moi-même
haï et haïssable ! »

« Ce n'est pas moi qui vous hais, »
dit la pauvre Indienne en tâtonnant à
travers ses larmes, pour saisir sa main
qu'il éloignait.

— « Vous me haïriez comme les au-

tres, si vous saviez qui je suis et qui je
sers. »

Immalie appela à son secours toute
l'énergie du cœur et de l'esprit qu'elle
venait nouvellement d'acquérir, pour
répondre à cette observation.

« Je ne sais qui vous êtes; mais je
suis à vous. Je ne sais qui vous servez;
mais, qui que ce soit, je le servirai
aussi. Je veux être à vous pour toujours. Abandonnez-moi si vous voulez;
mais quand je serai morte, revenez
dans cette île, et dites en vous-même :
les roses ont fleuri et se sont fanées;
les ruisseaux ont coulé et se sont désse-
chés; les rochers ont été déplacés et
les astres dans le ciel ont changé leur

cours; mais il existait un cœur qui n'a jamais changé, et il n'est point ici! »

« Immalie! » dit l'étranger.

Elle le regarda, et, avec un mélange d'étonnement et de douleur, elle vit couler des larmes de ses yeux. L'instant d'après, il les essuya avec un geste de désespoir, et grinçant des dents, il poussa un éclat de ce rire convulsif, qui indique que nous sommes nous-mêmes l'objet de notre raillerie. Immalie, que ses sensations avaient fatiguée à l'excès, tremblait en silence à ses pieds.

« Écoutez-moi, malheureuse fille! » s'écria-t-il d'un ton où la malignité se mêlait à la compassion, et une inimitié habituelle à une douceur involon-

taire; « écoutez - moi. Je connais le
sentiment secret contre lequel vous
luttez mieux que le cœur innocent qui
le renferme. Bannissez ce sentiment,
détruisez le. Ecrasez - le comme vous
feriez d'un jeune reptile avant que le
temps l'ait rendu aussi dégoûtant que
venimeux. »

« Je n'ai jamais de ma vie écrasé de
reptile, » dit Immalie.

« Vous aimez donc, » dit l'étranger;
« mais » ajouta-t-il, après une longue
et fatale pause, « savez-vous quel est
l'être que vous aimez? »

« C'est vous, » dit l'Indienne, avec
cette sincérité de l'innocence, qui rend
sacrée l'impulsion à laquelle elle cède,
et qui rougirait plutôt des faussetés de

l'art, que de la confiance de la nature :
« c'est vous! Vous m'avez appris à penser, à sentir, à pleurer. »

— « C'est donc pour cela que vous
m'aimez! Songez pour un moment, Immalie, à l'indignité de l'objet auquel
vous prodiguez les trésors de votre sen-
sibilité. Il n'a rien d'attrayant dans son
extérieur. Ses habitudes sont même re-
poussantes. Il est séparé de la vie et de
l'humanité par un abîme impossible à
franchir. C'est un enfant déshérité par
la nature, qui erre au loin pour tenter ou pour maudire ses frères plus
heureux que lui; un être qui..., Mais
qu'est-ce qui m'empêche de vous tout
dévoiler? »

Dans ce moment un éclair d'une vi-

vacité telle qu'aucun œil humain n'en
aurait pu supporter l'éclat, brilla à travers les ruines et répandit partout une
lumière affreuse. Immalie éprouva un
effroi et une émotion involontaire. Elle
tomba sur ses genoux et couvrit de ses
mains ses yeux éblouis et souffrans.

Elle demeura ainsi pendant quelques
momens et crut entendre parler à côté
d'elle; il lui semblait que l'étranger ré-
pondait à une voix qui lui adressait la
parole. Elle distingua les mots suivans
au bruit du tonnerre qui roulait dans le
lointain : « Cette heure est à moi et non
à toi... va-t-en, et ne m'importune pas. »

Quand elle leva les yeux, toute apparence d'émotion avait fui loin des traits
de l'étranger. L'œil sec et brûlant du

désespoir qu'il fixait sur elle semblait n'avoir jamais connu une larme. La main avec laquelle il la saisit semblait n'avoir jamais renfermé de sang, son attouchement était froid comme celui de la mort.

« Miséricorde! » s'écria l'Indienne en tremblant, et en cherchant vainement un sentiment d'humanité dans des yeux que les siens invoquaient, baignés de larmes. « Miséricorde! » En prononçant ce mot elle ne savait ni ce qu'elle demandait, ni ce qu'elle craignait.

L'étranger ne répondit rien; pas un de ses muscles ne se relâcha. On eût dit qu'il la serrait de ses mains sans la sentir, qu'il la regardait sans la voir. Il la porta ou plutôt il la traîna jusqu'à cette vaste arcade qui avait servi autrefois d'entrée à la pagode, mais qui, dans l'état de délâbrement où elle se trouvait ressemblait plutôt à la bouche d'une caverne, demeure des habitans du désert, qu'au travail de l'homme, consacré par lui au culte de la divinité.

« Vous avez imploré la miséricorde, » lui dit son compagnon d'une voix qui glaça son sang, malgré la chaleur étouffante de l'atmosphère. « Vous avez imploré la miséricorde et vous l'aurez. Je n'en ai point trouvé, mais j'ai recherché mon affreuse destinée ; ma récompense est juste et assurée. Lève les yeux, femme tremblante : lève les yeux, je te l'ordonne. »

Obéissant à ses ordres, elle écarta de ses yeux les longues tresses de cheveux dont elle venait de balayer en vain le rocher empreint des pas de celui qu'elle adorait. Avec la docilité d'un enfant et la douce soumission d'une femme, elle essaya de faire comme il lui disait; mais ses yeux remplis de larmes ne purent supporter l'horreur du spectacle qui l'entourait. Elle essuya ses yeux brillans avec une chevelure qui se baignait chaque jour dans le cristal des eaux, et tandis qu'elle s'efforçait de fixer ses regards sur la désolation de la nature, elle ressemblait à un esprit céleste, forcé de contempler les effets de la colère du Tout-Puissant, dont il adore les derniers résultats quoique ses opérations lui soient inintelligibles.

Immalie s'approcha donc des ruines

et pour la première fois elle frémit en contemplant la nature. Jadis tous ses phénomènes lui avaient paru également terribles ou sublimes. L'éclat du soleil ou la sombre horreur de l'orage contribuaient également à la dévotion involontaire du cœur le plus pur. Mais depuis qu'elle avait vu l'étranger, de nouvelles émotions avaient rempli ce jeune cœur. Elle avait appris à pleurer et à craindre, et peut-être voyait-elle dans l'aspect effrayant des cieux le développement de cette terreur mystérieuse qui se cache toujours au fond du cœur de ceux qui osent aimer.

«Immalie,» s'écria l'étranger; «est-ce ici le lieu, est-ce le moment de parler d'amour? La nature entière tremble,

le ciel est obscurci, les animaux se
cachent, les buissons mêmes frémissent,
comme s'ils partageaient la terreur gé-
nérale. »

« C'est le moment d'implorer une
protection puissante, » dit Immalie en
s'attachant à lui avec timidité.

« Levez les yeux, » reprit l'étranger,
tandis que les siens, fixes et sans émotion, semblaient répondre par un éclair
à chaque trait que lançait la foudre;
« levez les yeux, et, si vous n'avez pas la
force de résister aux mouvemens de votre cœur, permettez-moi du moins de
vous en indiquer un objet plus conve-
nable. Aimez, » ajouta-t-il en étendant
les bras vers les cieux livides et trou-
blés, « Aimez l'orage dans toute sa

force destructive. Unissez-vous à ces
voyageurs rapides et périlleux des airs,
à la foudre qui les déchire, au tonnerre qui les ébranle! Cherchez un abri
tutélaire sous ces épais nuages, sous
ces montagnes des cieux dont les bases
ne reposent sur rien! Cherchez pour
compagnon, pour amant, tout ce que la
nature a de plus terrible; suppliez-les
de vous réduire en cendres; périssez
dans leurs cruels embrasemens , et
vous serez plus heureuse, bien plus
heureuse que si vous aviez vécu dans
les miens. *Vécu*, que dis-je? Oh!
qui peut être à moi et continuer à vivre? Ecoutez-moi, Immalie, écoutez-
moi!» En faisant cette apostrophe, il
prit ses mains dans les siennes; ses

yeux, fixés sur elle, brillaient d'un
éclat plus vif même qu'à l'ordinaire,
tandis qu'un nouvel enthousiasme semblait pour un moment ébranler et donner un ton inusité à tout son être. « Si
vous voulez être à moi, il faut que ce
soit au milieu d'une scène comme celle-
ci ; au sein des flammes et des ténèbres,
au sein de la haine et du désespoir, au
sein........ »

Sa voix n'était déjà plus qu'un cri
diabolique de rage et d'horreur ; il étendait les bras comme pour lutter contre
quelque objet que lui présentait son imagination, et il allait s'élancer du lieu où
il s'était placé avec Immalie, poursuivi
par le tableau que ses crimes et son désespoir avaient tracé, et par les images

qu'il était condamné à contempler pour jamais.

Par ce mouvement soudain, la douce Immalie, perdant son appui, se trouva étendue à ses pieds. Sa voix était étouffée par la crainte, mais elle n'en conservait pas moins ce dévouement complet que le cœur d'une femme sait seul éprouver, et, à ses plus effrayantes questions, elle se contentait de répondre : « *Serez-vous là ?* »

— « Oui, LA je dois être et pour jamais ! Et *voudriez-vous*, *oseriez-vous* y être avec moi ? »

Une sauvage et terrible énergie donnait à sa voix une force extraordinaire, pendant qu'il adressait ces mots affreux à l'être aimable qui, étendu à ses pieds,

IV.   19

semblait une tourterelle fascinée qui s'élance dans le bec du vautour.

Une légère convulsion agita les traits livides de l'étranger, et il ajouta :

« Eh bien donc ! au milieu du tonnerre, je t'épouse, fiancée de la perdition ! tu seras à moi pour toujours ! Viens, répétons nos vœux sur l'autel chancelant de la nature : les foudres du ciel seront nos cierges, et la malédiction de l'univers sera notre bénédiction nuptiale. »

L'Indienne jeta un cri d'effroi, non à ses discours qu'elle ne comprenait pas, mais à l'expression qui les accompagnait.

« Viens, » répéta-t-il, « afin que les ténèbres soient les témoins de notre union mémorable et éternelle ! »

Immalie, pâle, effrayée, mais ferme,
s'éloigne de lui.

Dans cet instant, l'orage, qui avait
obscurci les cieux et ravagé la terre, se
dissipe, avec la rapidité ordinaire dans
ces climats où ces terribles phénomènes
ne durent que peu de momens, et sont
bientôt remplacés par le ciel le plus pur
et le plus brillant. A mesure que l'é-
tranger parlait, les nuages s'entr'ou-
vraient, et la lune apparut bientôt avec
un éclat inconnu au ciel de l'Europe. La
jeune Indienne trouva, dans cette circonstance, un présage aussi favorable à
son imagination qu'à son cœur. Elle s'arracha d'auprès de l'étranger, et s'élan-
çant dans la lumière de la nature, dont
l'éclat pouvait se comparer à la promesse

de la rédemption, brillant au sein des ténèbres de la chute de l'homme, elle montra du doigt la lune, ce soleil des nuits de l'Orient, dont la lumière large et argentée couvrait, comme d'un manteau de gloire, les rochers et les ruines, les arbres et les fleurs.

« Epousez-moi à cette lumière, » s'écria-t-elle, « et je serai à vous pour toujours ! »

Sa physionomie céleste réfléchissait la lumière de la belle planète qui poursuivait sa course dans un ciel sans nuage; tandis que ses bras blancs et nus qu'elle étendait vers la lune semblaient deux témoins sans tache de leur union.

« Epousez-moi à cette lumière, » répéta-t-elle en se mettant à genoux, « et je serai à vous pour toujours !»

Tandis qu'elle parlait, l'étranger s'approcha d'elle avec des sentimens qu'aucune pensée humaine ne pénétrera jamais. Dans ce moment, un léger phénomène vint changer sa destinée. Un nuage obscur couvrit, pour un instant, la lune. On eût dit que l'orage se hâtait de recueillir les derniers restes de sa fureur passée, pour s'évanouir ensuite à jamais.

Les yeux de l'étranger se fixèrent sur Immalie avec un mélange affreux de tendresse et de férocité. Il montra les nuages, et dit : «Epousez-moi par cette lumière, *et vous serez à moi aux siècles des siècles !*»

Immalie frémit en sentant sa main qui la saisissait avec force. Elle essaya vainement de découvrir l'expression de sa physionomie, mais elle comprit assez son danger pour s'arracher de ses bras.

« Adieu, pour jamais! » s'écria l'étranger en s'éloignant d'elle à son tour.

Immalie, épuisée par l'émotion et la terreur, était tombée, privée de sentiment, sur un des monticules de décombres qui couvraient le sentier de la pagode ruinée. L'étranger revint; il la souleva dans ses bras; ses longs cheveux noirs les couvraient; elle n'avait plus de mouvement; sa joue froide et décolorée s'appuyait sur son épaule.

« Est-elle morte? » murmura-t-il tout

bas. « Eh bien ! soit ! qu'elle périsse !
qu'elle meure mille fois plutôt que d'être
à *moi !* »

En disant ces mots, il replaça son
immobile fardeau sur les décombres,
et quitta l'île pour n'y plus rentrer.

FIN DU QUATRIÈME VOLUME.

www.ingramcontent.com/pod-product-compliance
Lightning Source LLC
Chambersburg PA
CBHW061446030726
47503CB00005B/1591